陈逸影 著

你的年少 我的青春

中国市场出版社
China Market Press
·北京·

图书在版编目（CIP）数据

你的年少我的青春 / 陈逸影著. -- 北京：中国市场出版社有限公司，2023.4
ISBN 978-7-5092-2409-0

Ⅰ.①你… Ⅱ.①陈… Ⅲ.①散文集-中国-当代 Ⅳ.①I267

中国国家版本馆 CIP 数据核字(2023)第 063664 号

你的年少我的青春
NI DE NIANSHAO WO DE QINGCHUN

著　　　者：	陈逸影
责任编辑：	张再青（632096378@qq.com）
出版发行：	中国市场出版社
社　　　址：	北京市西城区月坛北小街 2 号院 3 号楼（100837）
电　　　话：	(010) 68024335/68021338/68022950
经　　　销：	新华书店
印　　　刷：	成都兴怡包装装潢有限公司
规　　　格：	145mm×210mm　　32 开本
印　　　张：	9　　　　字　　数：225 千字
版　　　次：	2023 年 4 月第 1 版　印　次：2023 年 4 月第 1 次印刷
书　　　号：	ISBN 978-7-5092-2409-0
定　　　价：	60.00 元

版权所有　侵权必究　　印装差错　负责调换

谨以此书献给我的女儿刘源源，
祝福她十八岁生日快乐。

感谢她给我勇气和力量，
践行终身学习，
战胜恐惧、懒惰，
抵抗岁月沧桑、内心荒凉。

陈逸影
2022年4月5日

击水三千里，回首是少年

蒋　蓝

博尔赫斯在小说里说："英雄远走他乡，恶棍横行乡里。"这未必准确，但外出闯荡世界的人尤其多。我也不例外，以至于我距离故乡越来越远。我经常回忆起电影《英俊少年》插曲《小小少年》的歌词："一年一年时间飞跑，小小少年在长高，随着年龄由小变大，他的烦恼增加了……"快乐与烦恼就是时间的钟摆。岁月是一个越变越大的凸透镜，因为时间的距离，反而让我更为清晰地看到自己的过往：那个高而瘦的孩子的正面与侧面，故乡的远与近……

正因为故乡浸透了一个人的童年，浸透了他由纤弱到壮硕的成长过程，浸透了父母、老师的心血，以至于后来浪迹天涯，灵魂深处的故乡不但从未消泯与漫漶，反而是不断处于生长化、清晰化的奇妙状态。

陈逸影的散文集《你的年少我的青春》，是一位母亲记录自己的生活沉思以及对女儿的深情诉说，还有女儿在成长过程里的生命点滴记录。读罢我不禁感叹，我就没有这样的耐心，做到如此细致、诲人不倦！很多故事基本上是母亲与孩子一道成长、把东莞的土地视为心安之处的栖居地的宝贵日记。换一个角度来看，这也是一位对于孩子成长与教育具有广阔前瞻思维的母亲的人生札记，更是一个孩子从课堂步入社会的真实记录。这样一部书汇聚了两代人的生命撷英，对于如今的家长们如何带领孩子走出教育的困境，以健全、开阔而理性的眼光看待光怪陆离的社会与人生，无疑具有相当的启示意义。

《你的年少我的青春》里有许多片段是过目不忘的，比如陈逸影谈到父亲对自己兴趣的影响：

父亲是20世纪50年代高中毕业的，在那个年代算是受过较多教育的。他虽然没有对我说过读书的重要性，但是我能持续感受到他一直都觉得知识很重要，以及他对我爱读书、用功读书的赞赏和欣慰。

现在的我，早已养成坚持每天阅读的习惯，完完全全地将阅读作为一种享受，并真切地感受到，这种自觉阅读的习惯，是让自己终身受益的事，正如生命得到养分充沛的滋养。

是的，于我而言，书是最好的礼物。

对父亲的感激永远在心里，永远。

时光改变了我们的模样，但父亲的礼物始终陪着我。

礼物的寓意，岁月能懂。

陈逸影进一步体会道："从小养成的广泛阅读习惯，自然累积和这个世界发生更多细腻关系的能力。爱读书爱观察爱思考的人，当然具备学习别人的好经验的能力。然而，有些思想的火花，单靠埋头在书房是碰不到的。"而这样的阅读、思考和写作的习惯，在陈逸影的女儿刘源源身上得到了近乎完美的复制。写作就是纸上修行，女儿的写作习惯与发散性思维的深化，恰恰就是在母亲这种润物细无声的熏陶下落地生根。

在我看来，如果说阅读、见识是一种向外用力，而省思是向内用力的话，二力疲软就是当下写作界的基本情况。没有持续的20年以上的关注与用力，一个人的写作基本上就是处于"自说自话"状态。因为写作达到的高度，与内伤成正比。

一个人的经历必须经过锤打、锻炼、虚构、放大、归并、蛰伏，经历才有可能成为经验，而一个不具备经验的人是无从问鼎写作的，也不可能朝向智慧。

我很同意陈逸影的不少判断。我们不要在历史上那些成功的个案里竭力寻找与自己的血缘关系，这是偷懒者的遁词。没有深谙深刻的普遍性意义，就不会明白何为特殊。就写作者而言，从来没有超拔文学之上的思想和哲学。套用一下克尔凯郭尔的话：一个人文本所能抵达的边界，就是世界的边界。

读到本书最后，很多银钩铁画的细节渐渐把我拉回到往昔，不禁回忆起自己多年前在高中阶段的写作起步，真是意味深长。而这样的出发姿势，恰恰是一种"悲壮的还乡"。所谓击水三千里，回首是少年！我，我们，还是那个意气风发的少年吗？我的确不知道。

2022 年 4 月 3 日在成都

蒋蓝，中国作协散文委员会委员，四川省作协副主席。

目录 Contents

第一辑　你的年少

母亲的目光	002
法律硕士论文后记	005
到热带岛屿吹吹风	007
源源的第一个暑期培训班	009
行走——刘源源的快乐成长	011
爱的书写，美丽动人	013
孩子，我愿做你身后的一盏灯	017
送你一双眼睛，愿你万水千山看遍	022
当青春告别年少，愿你朝着太阳奋力奔跑	031
一封家书	036
静静地，等待春来花开	040

你的努力，岁月能懂　　　044

亲爱的源源　　　049

与源源共读　　　127

第二辑　我的青春

父亲的教诲　　　136

如果带父亲去远方，第一站是巴塞罗那　　　140

序　章　　　149

听，那花开的声音　　　153

父亲的礼物　　　159

跟父亲有关的小事　　　163

那一刻怦然心动，此后便魂牵梦萦　　　168

2017，我是追光的少年　　　172

在萨凡纳遇见最美机场　　　180

距　离　　　184

有一种爱　　　189

父亲的背　　　193

有一种惊艳叫作邂逅帕卡马拉（Pacamara）咖啡

　　　198

我的 1986	202
天堂里有歌声悠扬吗	208
倾听者	211
我见青山多妩媚	214
我所爱的东莞	218
有多少爱可堪回味	221
浪漫的细节	223
和足球有关的风花雪月	225
我们的城市	227
划破生活中温情脉脉的面纱	229
奈何，奈何	231
周日午后的阳光	233
面朝大海，思考人生	235
不说动听的话语	237
想　雪	239

第三辑　她说

拾级而上	242
Five songs that represent me	249

《摆渡人》读后感 252

在草海感受国家环境保护的决心和力度 254

《傅雷家书》读后感 256

您布置作业的姿势，原来是做段子手 258

和"花木兰"在一起的美好回忆 260

我的第一次表演 262

东莞高一女生妈妈家书走红，在焦虑时代如何做
　　一个不焦虑的家长？ 264

我们仨的幸福之旅 271

你的年少
我的青春

第一辑

你的年少

母亲的目光

我是一个来到人间八十多天的孩子的母亲。每每注视着我的孩子,心中思潮起伏,但一直无暇把一些零星的思绪写下来。

年少时,读所景仰的钱钟书先生的传记,对他说的"最好的作品是女儿钱瑗"很不以为然,对他们夫妇只生一个孩子是因为不想其他孩子来分薄他们对钱瑗的爱更加难以理解。当躺在手术台上的我看到女儿的第一眼,我就像醍醐灌顶般一下子领悟了钱老的心情。我记得自己当时热泪盈眶,只是因为欢喜。

记得刚生下女儿不到十天,有结识不久的朋友发来手机短信:"近来很少在报纸上读到你的文章,是工作很忙吗?"我想都没想就回复:"4月5日有一杰作问世:诞下可爱女婴一名。"学贯中西、著作等身的钟书先生尚且认为自己最好的作品是女儿,所以我把女儿称作自己的杰作可谓一点也不矫情。

真的,孩子给我们的生活带来了无比的欢欣。在我这个母亲看来,一切都显得温情脉脉起来。

我看见孩子的爸爸在她大半夜的哭闹声中睡得不安稳,早上满脸倦意地上班去,嘴里埋怨着"这个小坏蛋",中午回来却迫不及待地抱她亲她,还昏了头似的连声说:"乖宝宝,乖宝宝,爸爸可疼你的啦,爸爸一下班就想回家看你呢。"

我看见孩子的爷爷——一位教哲学的彻底的唯物主义者竟然不切实际地对怀里的小孙女说:"刘源源,你真漂亮!"直把我惊得目瞪口呆,搞不懂这个额头奇突、鼻子奇扁的小女孩何以竟能和漂亮挂上钩,唯一的解释就是她爷爷用了发展的眼光看问题,对她"女大十八变"、越变越漂亮寄予了殷切期望。

《纽约客》的影评家丹比说:"世界上没有任何一样东西比孩子的小手更慰藉人心。"是的——我和我的亲人都感受到了——并且在给予孩子的爱中感到快乐。

我的女儿是幸运的,她得到了应有的爱和尊重——不因为是个女孩而遭嫌弃。在我的印象中,不管是过去或现在,不管在农村或城市,"重男轻女"的思想总是阴魂不散,在很多人心中根深蒂固。很多熟人得知我生了个女儿后,眼神或语气马上变得惋惜起来,有些还安慰我说生女儿有生女儿的好,有些还问我是不是打算再生一个,搞得我总是哭笑不得。

在我和我先生心中,每一个个体的生命都是高贵而平等的——不应因性别、出身等因素而有所区别——也不管他(她)是谁家的孩子。而对于我俩的孩子,我们是弥足珍惜的,不是因为她使我们爱的质感一下子变得厚实起来,以及在抚育她的手忙脚乱中体会到很多乐趣,我想,仅仅因为她是一个可爱的小生命而已。

写到这里,我想起了我的母亲。是的,自己做了母亲才更能体会作为母亲的艰辛。母亲生了三个女儿,我所理解的她的难不仅是有形的辛勤劳作和为孩子成长的方方面面操心,更多的难来自精神层面上的家族给予的、熟悉的或不熟悉的人给予的无形的压力,这种压力会让人喘不过气来,而且影响了她的一生。

坚强的母亲与20世纪80年代初就"下海"的父亲一起,用他们的智慧和汗水,为家里创造了较为殷实的生活,并用他们一定要让女儿们读好书的朴素理念，让我们三姐妹均完成了大学学业。如今，我们仨先后走上工作岗位，我也已经是一个孩子的母亲。而我的母亲，她的头发已斑白，皱纹也趴在了她脸上。每当我对我尚未听得懂话的女儿说"妈妈爱你"的时候，我就很想对我的母亲说："我爱你，妈妈"……

（本文草于2004年6月29日，发表于2005年第1期《东莞文艺》杂志）

法律硕士论文后记

选择这样一个所能借鉴和参考的有益资料非常有限、国内法学理论界尚未展开系统化研究的课题来写作本文，对我而言是一种考验，这样的考验甚至让我倍感煎熬。因能力和时间所限，完成论文的过程是艰辛的，成文后的内心喜悦也掺杂着审视论文不足时的惭愧和困惑。但我依然要赞美这个过程——读大量的书，批判性地思考，拓展自己的视野，从而逐步为自己的工作实践打下较为坚实的理论基础。

在此衷心感谢我的导师曾东红副教授。他为我的论文完成付出了大量心血：肯定我论文选题重在解决实际问题的思路，多番修正我的论文整体框架，纠正我的部分论文内容重叙述少法理分析的缺陷。导师的严谨使我不敢懈怠，导师的引导启发、悉心指点使我少走弯路。孜孜教诲，学生铭记在心，受益终生。此外，本论文在形成过程中，李挚萍、罗剑雯等老师也提出了宝贵的指导意见，在此一并致谢。

真诚感谢法律硕士专业课上为我们传道解惑的其他老师：刘恒、程信和、徐忠明、刘星、周林彬、马作武、谢石松、黄建武、杨建广、杨鸿、黄瑶、邓伟平、任强、谢晓尧、张民安、李正华、李颖怡、于海涌、李累、陈东……诸位老师于我学术上的熏陶和启迪，让学生对做学问有无尽的景仰。

感谢我的父母。他们推崇读好书才能成才的朴素理念，让我一直以来都感受到读书是可以终身享受的最大乐趣。

感谢我三岁半大的女儿，她和我一起成长。她刚出世我就复习备考法律硕士研究生全国联考，她一周岁戒掉母乳后我就到中山大学就读，她第一次叫"妈妈"是通过电话——一头是家里的她一头是在中山大学的我，每次收拾行囊出门女儿虽然不舍但始终以超出她年纪的坚强说"妈妈我在家会很乖的"。

感谢我的先生。他主动承担更多照顾女儿的责任，给我更多时间读书和写作。

感谢中山大学。在富有灵气的康乐园求学深造是一种幸福。那一片片辽阔的草坪，无数苍劲的老树，傲然怒放的杜鹃……与我一起记取这段难忘的人生经历。

学生：陈逸影
2007年10月，于东莞莞翠村

到热带岛屿吹吹风

《纽约客》的影评家丹比说:"世界上没有任何一样东西比孩子的小手更慰藉人心。"是的,牵着孩子的手的旅途别有风味,有孩子相伴的人生更加丰满⋯⋯

这个假期,我们一家三口在泰国普吉岛悠闲度过。选择了自由行,选择了芭东海滩上带有私家海滩的塔湾海滩度假村的海景别墅入住。别墅是一些错落有致地建在山坡上的泰式建筑,出入需搭乘独具特色的电轨缆车,将近四岁的女儿源源乘坐缆车时每每开心得欢呼雀跃,让大人也感染到这种单纯的快乐。

住房的大阳台面向安达曼海,坐在阳台的休闲椅上可以俯瞰海滩、热带风情的花园和泳池。或者什么也不看,只是听着安达曼海的涛声发呆。

每天都是自然醒。在泳池边享用自助早餐后,到海滩去散步。海水纯净,天空湛蓝,椰树随风摇曳。许多外国人带着一家大小前来度假。源源有时会去逗金发碧眼的小宝宝玩,洒落串串笑声⋯⋯

在乘坐快艇去 PP 岛的途中,源爸跳到海里浮潜,我和源源则倚在船边拿面包喂鱼。源源看到五颜六色的热带小鱼争吃她扔到海里的面包屑，颇有成就感地笑了起来。小PP岛的沙滩十分美丽，海水清澈见底且绿到极致，源源迫不及待地用极白极滑的沙子将我的腿埋了起来，然后叉着腰哈哈大笑……

（本文发表于2008年5月5日《东莞日报》A11版"天天副刊/闲情"）

源源的第一个暑期培训班

2009年7月14日，上午，源源在市儿童活动中心开始其第一个暑期培训班的学习，可开心啦！

比起很多五岁的孩子，咱们家源源算落后啦。听人家说很多小孩三岁起就参加钢琴班、围棋班、画画班等等，而且不只是暑假、寒假才学，平常的双休日都排得比较满呢。

此前，我们只想着带源源多玩玩，好好享受她的童年生活，从没想过要她正儿八经地学点东西。

这个暑期培训班是源源主动提出来的。她不知道从哪里受到了诱惑，提出要去学英语。我们抱着姑且一试的心理，上网查找到市儿童活动中心有洪恩少儿英语班，上周六就带她和小表妹凌婧一起去报名。

在报名现场，少儿民族舞班的沈莎老师说，这两个小孩可以练舞蹈啊。凌婧妈妈考虑到可以锻炼身体（婧比较瘦弱），马上答应。我们也觉得练舞蹈比较适合源源，稍稍做了说服工作后，表姐妹俩都报了少儿民族舞班。

今天早上，源源不睡懒觉，快乐无比地学舞去。换上统一的舞蹈服装，孩子们在老师的指点下练毯子功。

上午三个小时的练习结束后，我去接她俩。沈老师说，源源的身体素质可以、身体比较柔软，而凌婧的舞蹈感觉略胜一筹。

在车上，源源说，练舞有点辛苦但自己不怕，但表妹哭了两次。我们一起鼓励凌婧，相信她下次会不怕辛苦表现得更好。

回家后，源源午饭吃得又多又快，午睡十分香甜——累，并快乐着。

行走——刘源源的快乐成长

幼儿园请家长和孩子一起制作《我的成长故事》主题专辑，于 2009 年 10 月 21 日前上交。我和女儿源源一起挑照片、一起商量照片的排版，完成的作业如下：

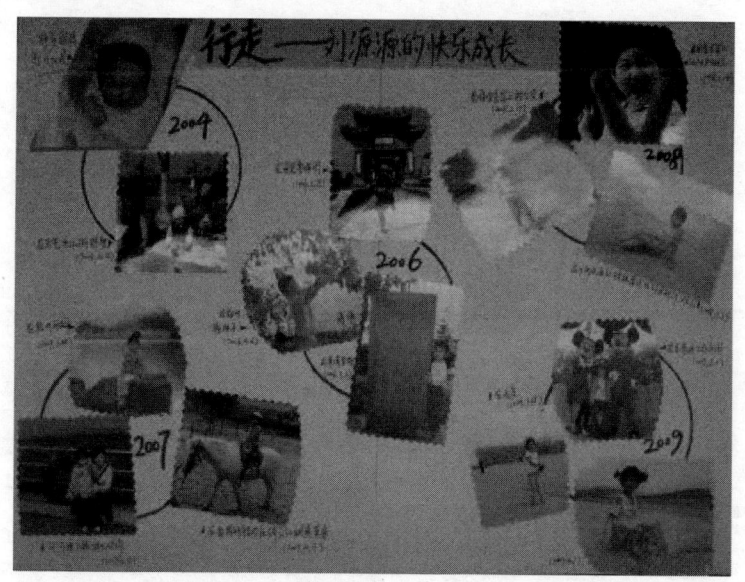

具体到每张照片及文字说明：
2004 年 4 月 5 日，睁开眼睛，打开心灵。

2004 年 12 月 12 日，在东莞松山湖野餐。

2006 年 1 月 2 日，在东莞粤晖园。

2006 年 5 月 2 日，在广州黄埔军校。

2006 年 10 月 6 日，在梅州摘柚子。

2007 年 2 月 24 日，在杭州西湖。

2007 年 10 月 3 日，在番禺祈福农庄骑马的飒爽英姿。

2007 年 11 月 4 日，到河源万绿湖吹吹风。

2008 年 2 月 19 日，泰国普吉岛上的阳光灿烂。

2008 年 2 月 20 日，泰国鸡蛋岛上拾贝壳。

2008 年 5 月 3 日，在广西北海红树林景区的月牙形沙滩上。

2009 年 2 月 2 日，在香港迪士尼乐园。

2009 年 4 月 7 日，在三亚。

2009 年 5 月 28 日，在北京。

爱的书写，美丽动人

——重读《我想遇见你的人生：给女儿爱的书写》

在我第二次去喜欢的城市青岛闲逛的时候，带上了杨照的《我想遇见你的人生：给女儿爱的书写》。还是跟四年前第一次读时那样喜爱啊，即使心境已然不同。

近几年，听过好多场杨照的讲座，其中有两场是关于古典音乐鉴赏的。那些音乐鉴赏会很唯美啊，除了杨照在解说，还穿插了乐团的示范演奏，让观众对音乐的理解马上立体起来。在这本书里，有好几篇文章，杨照都写到了自己学小提琴女儿学钢琴的经历，不只是关于乐理训练的，还有很多关于音乐家的，关于如何聆听、理解音乐的，以及由此生发出来的对学习、对美、对价值取向、对人生追求的毫不牵强附会的思考……杨照自己的、从女儿身上获得的感悟是有着独特的见解的，在我看来甚至是隽永的、深刻的，足以在读者心里泛起波澜，无数。

忍不住摘抄了几段："一个没有个性的演奏者，技巧再好，演奏再准确，都不可能成为一个让人记得的音乐家，当然就更不可能引人喜爱、令人着迷了。""那一刻，我很替你们庆幸，真好你们学了音乐。生命的初期，就拥有了超越自己本能生命以外的经验。你们身上有远超过同年龄小孩的自信与自尊，不管将来你们音乐学得如何、学到哪里，音乐带来的这种自信、自尊，却必然是你们内在长远的力量。藏在身体里的力量,是别人无论如何拿不走的,属于你们的资产。""你真的长大了,你拥有了我最在意的一种宝贵能力——摆脱自我中心,以同情心替别人着想。这当然只是一个开端,但这样的开端应该可以将你引向一条开阔、明亮的人生道路吧!""在做爸爸这件事上,我得要学习新的本事,养成新的习惯。我得重新学习怎么延迟表达意见的反应,以便让你有时间形成自己的意见。我得重新学习怎么忍耐你的困惑、为难、彷徨、犹豫,忍耐你的摸索,甚至你的错误,不急着给你我的答案、我的做法,因为那样,你就不会知道自己的答案、自己的做法是什么了。""更重要的,我希望你也能在年少时养成广泛阅读的习惯,累积未来和这个世界发生更多细腻关系的能力。"……

我印象中的好多位台湾作家(或学者,或漫画家,等等),都是有才华,有思想的,最要命的是还很有趣的。我从来不吝啬对台湾这片土地及生长于斯的人的赞美及热爱——从来没抵达,却无端地爱。而且,这份爱与日俱增。

杨照的文字是谦和的,和他的讲演一样。语速恰到好处,没有很快,也不嫌慢,但是不代表没有立场——是我最近特别迷恋的颇具谦谦君子之风的叙事风格。我的印象中,很多好的散文都是无限近地描写日常生活。不同的是,岭南作家的描述通常带着浓浓的市井味和烟火气,而上海作家则是看似过分絮絮叨叨却充斥着极致的繁复之美(譬如张爱玲与王安忆),而我喜欢的台湾作家,则十分接近江南的婉约,有着风拂杨柳般楚楚动人的曼妙。

读杨照的这本书,于我而言有着强烈的代入感,包括但不限于以下几点原因:杨照出版此书的时候,他的女儿大概十三四岁,我也一直在以"对女儿说"为主的方式在写女儿出生后至目前十三岁的成长过程中的各种趣事囧事,也不自觉地有很多思考,也有结集成书的野心;我和杨照一样,也是年纪不小了才有女儿,自认为在育儿过程中有着大龄家长的淡定和从容,不骄纵不溺爱,也不居高临下地俯视,陪伴女儿成长的同时自己也在成长(关键是自己要成长),所以能发现很多女儿超出她的年纪的对事物的看法;我的女儿在音乐、表演和体育方面也略为出众且无数次在舞台上、在赛场上散发令人震撼的光亮,其中和台湾的交集是她所在的合唱团于2014年8月在东吴大学的音乐厅唱响天籁童声;我也喜欢带女儿尽可能多地去旅行,欣赏她在旅途中跟陌生人相识、相处的能力,共同感受旅途中超出原计划的种种未知之美;我和女儿均十分认同且深切体会杨照说的去日本度假旅行是文明享受,我们甚至一眼就看出了书中第207页的照片就是我们去过的北海道的定山溪温泉,季节一样,我们去时也看到了如照片一样美的雪景,我甚至再次听到了那时女儿和同伴大姐姐一起打雪仗的欢乐笑声;在艺术鉴赏方面,我经常不把女儿当小孩看(即使在她还很小的时候),而是毫不犹豫地跟她混在剧院里看著名话剧、世界顶尖的音乐剧,混在电影院里看很小众的文艺片,然后,毫无保留地赞赏她的专注以及独特见解;在陪伴女儿成长的过程中,我也喜欢跟杨照一样观察、思考、反省,一半在写女儿,一半在写自己的青春年少,以及,那些自己所坚持并投射在女儿身上的世界观、人生观和价值观……

　　读到全书的三分之二处,杨照在这篇《为自己而不是为别人演奏》的最后一段写道:"本来,音乐是扩充自我经验的重要管道,通过李斯特的曲子,我们碰触到了人内在最狂暴的热情;通过肖邦的曲子,我们经历了最快速又最复杂的情绪转变,因而我们的生命变丰富了,我们的感受变敏锐了……"于我而言,好书和音乐一样,当然是扩充自我经验的重要管道。重读

《我想遇见你的人生：给女儿爱的书写》，这种感受进一步浓烈起来。

（本文发表于2017年5月23日《东莞日报》A14版，标题为《为爱阅读，为爱书写》，有删节。）

孩子，我愿做你身后的一盏灯

——写给女儿源源的第一封信

作为一个有"晒娃狂人"之称的母亲，这些年来我为女儿源源写下不少文字，也有为她写一本书并出版的野心。而给她写信，倒是第一次啊。

这封信，是源源的班主任布置给家长的作业。学校即将召开班级家长会，班主任要求家长提前给孩子写一封信，针对孩子的个性情况，提出家长的想法和期望，让孩子在班级活动中进行分享和总结。

正如"书非借不能读也"，有些文章，不是因为任务，都是迟迟不动笔的。所以，我特别喜欢编辑约稿，那绝对是治疗"懒癌"的妙药啊。

其实，给女儿写信，不是一件容易的事。也许是因为在平时的相处中无话不谈，已经说得太多，太多。

比如，前几天看了一眼他们班全体同学的大合照，我就说出哪三个男同学算得上帅，其余的都乏善可陈，源源说跟她的审美高度一致啊，真是亲妈！

跟青春期的孩子日常对话，得风趣、得吹捧、得自嘲、得毒舌。而写一封信，倒是可以煽情一把的吧。

亲爱的源源：

　　国庆长假期结束后，我从加拿大旅行回来，你用一个"炸弹"迎接我。

　　你说此前瞒着我在"陌上香坊"网站发表连载小说，已发表了五章（每章约两千字），有三千多阅读量。编辑找来了，可以签约，由网站予以推广和根据阅读量付稿酬。不签约是没有稿酬的，不管你发表多少万字。你说你要拿稿酬，要签约。因为你只有十三岁，所以要由我来签。你请求我同意。

　　我当然同意啊。我为你找到了自己喜欢做的事而感到万分高兴。虽然这对我而言，确实是完全出乎意料的消息。

　　此前，你的语文成绩都不如其他科目突出，作文也没有什么可以骄傲的地方，我经常调侃你在写文章方面一点儿不像我亲生的。现在，有点被打脸的感觉。

　　从那以后，看着你每晚晚自习后回家，除了弹钢琴、做家务、复习功课或完成学校的一些活动筹备任务，就是静下心来写你的小说，隔三天在网站上更新一次（两千字左右），现在好像到了十九章了吧——有一种奇妙的感觉从心底升起。这就是美好的生活吧。

　　源源，我极少问你这样的问题：你长大后喜欢干什么？

　　最近一年，倒是听你跟我或跟你的朋友（比如前段时间参加中德交流活动住在我们家的德国初中生 Chiara）说过，自己长大后最想当律师。

　　你说当律师能赚很多钱，有了钱能做自己想做的但是不一定能赚钱的事（比如演音乐剧等等），有时候末了还加上一句：我妈妈喜欢旅行，我要赚很多的钱让她去全世界旅行。

　　源源，你还记得吗？在你八九岁的时候，我们面对了两次你是否要去当专业游泳运动员的抉择。

那两年，你参加全市小学生游泳冠军赛的一系列赛事，每个月都能进入所有水上、陆上比赛项目的前十二名，水上项目的最好成绩是50米自由泳女子组第四名。

市游泳管理中心两次队员选拔都选到你。教练说你身体条件好，水感好。我看到报纸上说，当年孙杨的教练也是这样跟孙杨的妈妈说的。

你没有坚决要去的意愿，你爸爸和我便婉拒了教练的游说。

当时我没有想太多，可能是因为，我不想那么早就定下来你以后的人生。

在小时候，很多人都有"我的理想"吧，比如当解放军、老师、科学家，或大侠等等。现在想来，当然算不上真正意义上的职业规划。

你自己到底喜欢什么，我们相信你在自己的成长过程中会日渐清晰。甚至，也不是一成不变的。我笃信：见识在很大程度上决定着一个人的格局；经历越多，孩子就会越淡定、从容、豁达。

我们愿意给你权利，并相信你有能力选择自己喜欢的生活方式和工作——它们甚至可以只与兴趣和美好有关，而无关乎物质与报酬。

吴晓波说得真好：喜欢，是一切付出的前提。只有真心地喜欢了，你才会去投入，才不会抱怨这些投入，无论是时间、精力还是感情。

然而，不管你如何喜欢，即使能把爱好作为职业，在求索的路上，都是辛苦乃至艰苦的。

我暗自庆幸的是，家里从来不娇宠和溺爱你，你便有了不怕苦的品质。所以，经常看着忙碌的你，我都确信你是快乐的。

也听说过，"忙碌"其实是"努力"的代名词。心里有斗志的人，才会逼着自己去忙、去打拼、去付出。当你全身心投入，不辞辛苦，在努力中甚至忘记时间的流逝，时间离开时，就会悄悄给你留下惊喜礼物。

有一种东西叫作"自我价值的实现"，马斯洛将它放在了需求层次理论的金字塔尖。如果要跟你探讨快乐的内涵、生活的意义，讲珍惜光阴，讲好好读书，讲回报社会，讲为了拥有丰富愉悦的人生体验，是不是从这个角度讲最好？

想起哈佛大学最受欢迎的沙哈尔老师的"幸福课"了。"幸福是快乐和意义的结合。一个幸福的人，必须有一个可以带来快乐和意义的目标，然后努力地去追求。真正幸福的人，会在自己觉得有意义的生活方式里，享受它的点点滴滴。"

源源，虽然，我从来没有为你的学业焦虑过，如果可以，我最希望你从此以后切实培养起良好的阅读习惯，成为一个喜欢阅读、内心丰盈的人。

据说，没有几个孩子天生爱阅读，阅读，需要家长起到一个好的引导作用。此前，我都不急，现在，我认为也是该提上议事日程了。

朱光潜说：读诗的功用不仅在消愁遣闷，不仅是替有闲阶级添一件奢侈；它在使人到处都可以觉到人生世相新鲜有趣，到处可以吸收维持生命和推展生命的活力。

读世间的好书，也是有以上功用的。

正如博尔赫斯所说，这世上如果有天堂，天堂应该是图书馆的模样。

偶尔会有主办讲座的朋友邀我去分享教育孩子的心得，我说待我多写几篇和女儿如何相处的文章之后再去讲。

以下这段话，蛮符合我的观点以及我一贯的实践——

"教育孩子的王道，是执着地栽培自己。最理想的状态——

孩子懂的，我们懂；孩子不懂的，我们也懂，至少，我们要与孩子有交集。这个漫长的求索过程，既是为自己，也是为孩子。孩子的起点，是父母的肩膀。如此说来，孩子永远不会有相同的起跑线。"

起码我认为，我离你的精神世界很近。正如我偶尔会大言不惭地对你说：这个世界上，像你妈妈这样当妈的，也不会很多。

此刻是2017年12月7日深夜，是日大雪。南方的夜，夜凉如水。在你上完一对一外教网络课后，我在还带着你手指温度的键盘上敲击着写给你的信。是的，我们家该添多一台电脑了。你要写作，我也要写作。

我没有考虑什么样的文字才适合写给一个十三岁的女孩看，也不担心太过深沉，太过说教。毕竟，很多时候我们讨论问题时，我不把你当啥都不懂的小孩子，而是非常平等的朋友，有思想的朋友。

说实在的，我的十三岁的女儿，我不知道你的未来会怎样，就好比我也不知道我的未来会怎样。

我愿做你身后的一盏灯，首先我要发光、发热。

我愿做你身后的一盏灯，照亮你前行的一段路。目送你走远，终会看到你发光、发热，照亮自己的前程，也温暖他人。

爱你的妈妈
2017年12月7日夜，于莞翠村

送你一双眼睛，愿你万水千山看遍

一

2018 年 4 月 5 日，女儿源源满十四周岁了。源源，生日快乐！
往年，送给源源的生日礼物大多是带她去旅行，极少送实物。今年，送给源源的生日礼物是一部索尼微单相机及厦门自由行。愿她此后，万水千山看遍。

二

源源小时候爱游泳。曾经，好多年的生日都是在三亚度过，亚龙湾、大东海、小东海、海棠湾、三亚湾……
因为热爱游泳和身体条件好、水感好，源源在小学二年级时被选拔进了莞城英文实验学校游泳队，每天早上，她都要先到莞城体校训练一小时才回校上课。
2012 年和 2013 年，源源参加全市小学生游泳冠军赛的一系列赛事，每个月都进入了所有水上、陆上比赛项目的前十二名，水上项目的最好成绩是 50 米自由泳女子组第四名，差点走上当职业游泳运动员的道路。

三

今年，陪源源到美丽城市厦门过生日。动车票那么紧张，竟然让我们抢到了，好幸运啊！出发前一天的晚上，我们才订好酒店，算是又一场说走就走的旅行。

2018年4月5日。福建厦门，在环岛路随意逛逛，她在沙滩上写"Happy Birthday"。

去厦门大学深度游，在我最爱的鲁迅纪念馆流连忘返。

在厦门国际会展酒店的海景房有一个超大露台，能远眺金门岛，或者对着海发呆。

让我们就这样，将光阴虚度。

四

去年4月5日，源源十三岁生日那天，我在微信朋友圈中写道——

回想一年前，源源十二岁的时候，我是打算为我们出版一本书的，将我以前发表过的文章、这些年来我写源源的文字（含陪伴她成长过程中的诸种能令人引以为傲的好经验）以及源源自己写的短文，加上一些各个阶段的照片（重点是行走在国内国外不同城市的照片。她坐飞机五十次了，火车、汽车游也很多），稍微整理一下就行了，书名都想好了——《我的青春你的年少》。

可是，我没做好。时间都被各种琐事挤占了。

生活就是这样，往往认为重要的事情，却没有及时去做。蓦然回首，一年、两年就过去了。

说什么"人生很长，计划不必匆匆"，愿我不再拖延。

五

一年过去了，我的拖延症不仅没有痊愈，反而有日益加重的迹象。书，仍然没有编写好。

且让我将源源行走在不同城市的照片和文字稍做整理吧。

六

源源从一岁起就跟随我们到省内各处游玩，坐车五六个小时都不觉得辛苦。

2007年春节过后，源源还不满三岁，第一次坐飞机出游——华东自由行。

那时候，亲友们质疑源源还太小，去长线游太早了。但源源表现很出色，旅途中不需要为她特别准备饮食，很轻松走完杭州、苏州和南京的行程，其乐无穷。

每当回头去看影集时，在江南水乡的青山绿水、恬淡烟雨、木栏青瓦的重重叠叠中，总能看到源源无数的笑脸。这些都是很美妙的回忆。

后来，源源两次去江南，都是随文化周末少年合唱团去演出及游玩。

2015年10月，文化周末少年合唱团杭州、常州巡演，并游上述两地及南京。

2017年8月，文化周末少年合唱团湖州、南昌和萍乡巡演，并游上述三地及苏州。

七

2007年的"五一"假期，在广西北海银滩嬉水。

2008年的春节，在泰国普吉岛自由行。

2008年的"五一"假期，在广西北海，有着大片大片红树林的合浦景区，给源源的印象是自然界的神奇和壮观。

四岁之后的源源，坚强、自理能力强、对新鲜事物非常感兴趣，可以适应更多形式的旅行。

2009年2月1至2日，香港：海洋公园；迪士尼乐园。

2010年8月1日，香港：迪士尼乐园。

2012年7月21至22日，香港：迪士尼乐园。

2015年春节期间，在东京时，因为预约不到参观动画大师宫崎骏所设计的吉卜力美术馆，临时改为迪士尼乐园。东京迪士尼比香港迪士尼大至少一倍，另外还有海洋乐园。虽然下着小雨，但游客非常多，源源凭着玩过多次香港迪士尼的经验，充分利用快速通道（FAST PASS），基本上把想玩的项目都玩了一遍，还买到了喜欢的"三眼怪"（盛装爆米花的玩具）。

八

2009年的端午假期，北京自由行六天。

2009年5月31日，北京飞返深圳的航班上，遇见抗震小英雄林浩，源源跟他玩得很开心。

2013年9月下旬至10月上旬，源源的北京排练、央视演出十八天之旅。

2013年10月2日，第九届全国电视小品大赛第三场在CCTV-3

综艺频道现场直播，源源参演的音乐剧小品《盛开的桃花》是第四号出场作品。

赛完放松，10月3日，老师和孩子们"北京一日游"——上午天安门和故宫，下午鸟巢、水立方和清华北大！重游北京的源源，比四年前长高了28厘米，不再是那个119厘米的小可爱啦！

九

2010年春节假期，去印尼巴厘岛吹吹风。记得那年从巴厘岛回来不久，六岁的源源接受《文化周末》杂志采访，大言不惭地说自己的课余生活就是：天热的时候天天在东莞游泳，天冷的时候去热的地方游泳。

2010年国庆假期，坐火车去广西河池地区，感受乡村风情。

2014年元旦假期，万达长白山国际滑雪场，五天度假之旅。

2014年8月，文化周末少年合唱团到台湾参加台北国际音乐节。

十

2015年春节期间，日本自由行十二天。

源源在飞机上打发时间的方法就是抄舒国治的书《门外汉的京都》。京都的美，被舒哥写尽了。而春节期间的京都略显拥挤，略输神韵。有机会真的应该再去，细细品味。

北海道经济以钢铁、木浆、乳品和渔业为主，乳牛与牛乳产量居日本前列。怪不得北海道的牛奶、雪糕和酸奶是如此好吃。

十二天的旅途，着实应该表扬一下源源。每到一地，源源都是马上找来当地观光指南和地铁线路图、在迷你ipad上下载好地图，和十六岁的大姐姐旅伴一起研究入住酒店的路线和每天如何转乘地铁到各个景点。乐于为大家规划、购买地铁票，源源被我们戏称为小拐杖和导航小天使。

十一

2015年4月下旬，在柬埔寨吴哥窟休闲游。

源源第一次坐高铁出游是2015年8月下旬。原定行程是在长沙休闲几日的，禁不住西安的铛铛小朋友（4月在柬埔寨之旅中认识的，很喜欢跟源源玩）召唤，且长沙到西安高铁车程才六个小时，便毅然北上。然后怕西安回东莞高铁车程九小时太长，临时决定飞去桂林玩了三天，在阳朔西街喝咖啡、发呆；在漓江上吹风、淋雨……才乘坐高铁两个半小时回东莞。

十二

2016年春节假期，美国西岸游，徜徉于加州的阳光里。

科罗拉多大峡谷（The Grand Canyon）是世界上最雄伟壮丽的七大自然奇观之一，是科罗拉多河用将近六百万年的历史不断地冲刷切割出来的自然奇迹，鬼斧神工的杰作。据说东部的尼亚加拉大瀑布，西部的科罗拉多大峡谷是到访美国的客人决不能错过的壮观景色。

我们在大峡谷西峡透过"海、陆、空"全方位行程，深切体验了大峡谷精髓。从西峡谷乘直升机以飞鹰的角度360度俯瞰大峡谷后从谷顶降落到谷底，随后乘坐游船泛游于大峡谷的创造者——科罗拉多河上，无比赞叹河两岸雄伟壮观的奇景。

洛杉矶的好莱坞环球影城当然也是打卡地。史瑞克的四度空间历险、凡赫辛鬼屋、惊叫声不断的魔鬼终结者第二集；神鬼传奇充满木乃伊惊恐的室内云霄飞车，侏罗纪公园搭电动小船丛林探险，恐龙就出现在你身边；最喜欢速度与激情在身边上演，还有辛普森家族的超级立体刺激体验！

圣地亚哥军港是美国著名的太平洋舰队基地，太平洋舰队的大小 50 艘舰艇长年驻扎于此。我们乘坐游船近距离观赏了圣地亚哥作为军用港口和民用港口的壮观景象。

近年来，每一段旅程都有新的惊喜，比如结识新朋友。即将十二岁的源源和表妹凌婧在这次美国西岸游中，与来自深圳的女孩俏俏（七岁）、男孩熙熙（四岁）疯玩疯闹、如胶似漆，每晚回到酒店都难舍难分，不肯回各自的房间，必须在一起再玩两小时才依依惜别，每天还要上演车上争着谁跟谁坐在一起、吃饭时谁挨着谁坐的争风吃醋的戏码。正如俏俏爸所言，只要有人的地方就有江湖。

孩子们在圣塔芭芭拉小城醉人阳光下的加州海滩嬉戏，快乐无比。

参观独具西班牙遗风的国家古董级建筑——圣塔芭芭拉法院钟楼。难得的是，该建筑目前还在使用，被用作法庭、会议厅和市政办公等等。

在圣塔芭芭拉法院钟楼最高处看到的是依山傍海的美丽小城，一如记忆中从高处俯瞰青岛的韵味。

卡梅尔（Carmel）是美国蒙特利半岛一个精致的海滨文艺小镇，位于著名的 17 英里景区的南方约两里处，距离旧金山市大约两个小时车程。卡梅尔建镇于 20 世纪初期，历史虽尚不到百年，但是在美国西岸却是众所皆知，是一座人文荟萃、艺术家聚集、充满波希米亚风味的小城镇。卡梅尔的早期居民 90% 是专业艺术家，其中著名作家兼演员 Perry Newberry 和著名演员兼导演

Clint Eastwood 都先后出任过卡梅尔的市长。

卡梅尔和圣塔芭芭拉都是依山傍海的小城。较之圣塔芭芭拉的热烈、优雅，卡梅尔沉静、细致得多。一排排白墙棕顶的房子就建在山坡上，从高到低极有层次地延伸到海边。人朝海边走时，穿行在高大俊俏的树木掩映的建筑里，能感受到内敛乃至隐秘的风情万种。在卡梅尔慢慢走着，不愿离开的情愫就滋生开来。以后再来，一定要住下来，好好地枕着涛声入眠。一个美好得能安抚躁动不安的灵魂的小城，适合执子之手，看潮起潮落，看细水长流。

十三

2017 年 7 月至 8 月，源源到美国佐治亚州的亚特兰大某中学插班学习及参加当地的学生夏令营，抽空游览了萨凡纳和亚特兰大等地的一些景点。

2017 年 7 月 13 日，游览亚特兰大的石山公园——石头上雕刻内容为美国南北战争。

2017 年 8 月 5 日，在萨凡纳城郊的海滩嬉水。

2017 年 8 月 6 日，探访宋美龄、冰心等人就读过的卫斯理女子学院。

2017 年 8 月 7 日，在亚特兰大游览 CNN 总部、可口可乐世界。

2017 年 8 月 9 日至 10 日，两度探访埃默里（Emory）大学。大学里的国家级艺术博物馆——迈克尔·卡洛斯博物馆（Michael C. Carlos Museum）里有木乃伊藏品。

结　语

　　以上文字，是照片的陪衬，照片发在我的个人公众号上。

　　在海量照片里筛选这些照片，原来是个体力活。开通公众号以来，给文章配图一直不是我所擅长的。何况这篇文章，图片当起了主角，把我累坏了。然而，源源的笑脸，提示着行走、成长的诸多快乐。我当然感染了这种快乐。

　　累了，便想去远方。

　　好吧，当我编辑完这篇文章，便收拾行囊，飞去夏威夷群岛晒太阳。愿太平洋的风，继续吹动我的美好记忆。

2018 年 4 月 29 日，于东莞

当青春告别年少，愿你朝着太阳奋力奔跑

——写给十五岁的女儿源源

亲爱的源源：

还有二十天，您就满十五周岁了。

明天早上，你们学校的初三年级青春礼活动即将举行。这一封信，将在典礼上亲手交给你。

老师要求的青春礼上父母致孩子的一封信，内容是"希望在距离中考的最后一百天里，鼓励孩子们拼搏、奋进；以情动人，抚慰孩子们紧张的情绪，关键是用笔端诉诸情感，让孩子们知道我们一直都在！"

又是命题作文啊。根据我一贯喜欢煽情的表达习惯，但愿不要离题就好。

就谈谈我最近在读的一本书吧，是村上春树的《当我谈跑步时，我谈些什么》。

一

你的中考，在我眼中，跟村上笔下描述的参加一场马拉松差不多吧。

村上说："下次参加全程马拉松，我要回归初心，从零出发，

发奋努力；周密地训练，重新发掘自己的体力。将每一颗螺丝都仔细拧紧，看看究竟能跑出什么样的结果来。"

去年九月，进入初三了，我看到你一下子变得刻苦起来，就像为一场全马做充足的准备、有目的地进行学习训练。

你一下子就变得非常自觉地将学习放在十分重要的位置，远离电子产品，甚至是很喜欢的全民 K 歌 App 上的歌房唱歌也减少了。

这种自觉地刻苦的程度到了让我稍稍吃惊的地步。

村上说："我想，年轻的时候姑且不论，人生之中总有一个先后顺序，也就是如何依序安排时间和能量。到一定的年龄之前，如果不在心中制订好这样的规划，人生就会失去焦点，变得张弛失当。先稳定生活的基盘，余项事物才能渐次展开。"

我很欣慰，在这个你人生中的第一个重要节点，你做到了重视并合理安排。

二

然而，即使学习变得异常紧张起来，你依旧没有退出文化周末少年合唱团。

寒假里，连续一段时间的每天 5 小时排练，这个学期开学后逢星期六 6 小时的排练，上个星期六 8 小时的排练，以及今晚 7：30 从学校提前下课赶去合唱团两小时的排练……

明天青春礼结束后，马上又要出发去广州的星海音乐厅彩排、晚上演出。回到家就是深夜了。

这些排练，不可避免地挤占了你备战中考的时间。但是，因为热爱，所以坚守。我也为你这种坚持而深深感动。

村上说："人生本来如此：喜欢的事自然可以坚持，不喜欢的怎么也长久不了。"

村上还说:"我有自己的职责,时间也有它的职责,而且远比我这样的人更忠实,更精确地完成。自打时间这东西产生以来,它片刻也不曾休息过,一直前行。"

如何在有限的时间里尽可能地平衡学习、爱好、特长,是需要智慧,乃至付出更多的汗水的。

你辛苦了。我们为你明晚在星海音乐厅的演出感到无比骄傲,会在你领唱的曲目中为你更加热烈地鼓掌。

三

几天前的一个晚上,你在台灯下静静地看书。我也在看书。

突然,你对我说:"妈妈,我觉得课本上的知识,专心地去学、学多几次就完全懂了、没有不明白的地方了。"

是啊,学习的乐趣就在于:一开始塞进脑袋的糨糊随着学习的深入而变得越来越清澈了,整个人便有了吸收了知识的愉悦,乃至幸福的感觉。

所以嘛,去学就是了。

正如村上说的:

"此时此刻,只管埋头跑步即可。意义嘛,留待日后重新思考也为时不晚。"

"在跑完全程时,能否感到自豪或类似自豪的东西,对于长跑选手而言,可能是最重要的。"

"成绩也好,名次也好,外观也好,别人如何评论也好,都不过是次要问题。最重要的是用双脚实实在在地跑过一个个终点,让自己无怨无悔:应当尽的力我都尽了,应当忍耐的我都忍耐了。从那些失败和喜悦之中不断吸取教训。"

"在这里，跑步几乎达到了形而上学的领域。仿佛先有了行为，然后附带性地才有了我的存在。我跑，故我在。"

四

中考前如此拼搏，是因为你把自己升学的目标定得颇高。

我们当然是祝福你，耕耘有收获，顺利考上自己心仪的高中。

然而，我也想跟你说，人生中，事情的发展不会总是那么尽遂人意。

村上说：

"希求一个明快结论之类的时候，家门口响起的咚咚敲门声，往往来自手拿坏消息的送信人。"

"一开始我就打过招呼，说我不是好胜厌输的性格。输本是难以避免的。谁都不可能常胜不败。在人生这条高速公路上，不能一直在超车道上驱车前行。然而不愿重复相同的失败，又是另一回事。"

"从一次失败中吸取教训，在下一次机会中应用。尚有能力坚持这种生活方式时，我会这样做。"

我们是不忍看你跌倒的。可是，如果难免跌倒是成长的必须，如果万一这种情况真的出现了，我们希望你能坚强、淡定。不让挫折打败，不惧苦难考验。擦干眼泪，朝着目标，继续奔跑。

五

最后，我想和你谈一谈未来。

村上说："我觉得所谓结束，不过是暂时告一段落，并无太大的意义，就同活着一样。并非因为有了结束，过程才具有意义，而是为了便宜地凸显这过程的意义，抑或转弯抹角地比喻其局限性，才在某个地点姑且设置一个结束。"

你的人生，将会有无数场像中考一样艰苦的马拉松。

一切只是开始。一个结束之后，必有新的开始。

长远来看，人生，真的像极了村上所说的跑步。

"跑步对我来说，不独是有益的体育锻炼，还是有效的隐喻。我每日一面跑步，或者说一面积累参赛经验，一面将目标的横杆一点点地提高，通过超越这高度来提高自己。至少是立志提高自己，并为之日日付出努力。"

"我固然不是了不起的跑步者，而是处于极为平凡的——毋宁说是凡庸的——水准。然而这个问题根本不重要。"

"我超越了昨天的自己，哪怕只是那么一丁点儿，才更为重要。在长跑中，如果说有什么必须战胜的对手，那就是过去的自己。"

"不管怎样，这是我的肉体，有着极限和倾向，与容颜、才华相同，即便有不尽如人意之处，也无足以取而代之的东西，只能靠它拼命向前。"

你的明天是怎样的？我未刻意想象过。一定是无限丰富的啊！

年轻真好。当青春告别年少，愿你朝着太阳奋力奔跑。

一路上，愿你记得为绿芽冒出土地而喜悦，记得仰望星空，记得享受音乐，记得赞美生命……

爱每一段路上的自己。

爱你的妈妈

2019年3月15日，夜，于莞翠村

一封家书

——写给即将读高一的女儿源源

亲爱的源源：

见字如面。

你读这封信的时候，是在东莞中学高一年级入学前的军训期间的主题班会上吧。

学校要求：请家长给即将升入高中的您的孩子写一封家书，表达您对孩子高中生活的美好祝愿及期望，并将信放在信封内封好，在孩子返校军训时带回交给班主任。军训期间，学校会组织学生读信和规划高一的学习生活。

又是学校的命题作文类家书啊。近两年来已是第三封了。

那妈妈就谈谈美好祝愿及期望吧。

一

初三的一年里，你变得迥异于以往地刻苦，非常自觉地将学习放在十分重要的位置。

中考报志愿时，你把自己升学的目标定得颇高。

中考放榜后，我们当然是开心地祝福你，耕耘有收获，顺利考上了自己心仪的高中。相信你已感受到自豪或类似自豪的东西。

新的阶段，又是一段奋斗的青春。

祝福你继续埋头学习的同时，记得学会享受学习的乐趣，体味吸收知识的愉悦乃至幸福。这种幸福也许可以看作是为了提升自己、超越自己而日日付出努力。

未来已来，祝福你有更丰富的明天。

一路上，愿你记得为绿芽冒出土地而喜悦，记得仰望星空，记得享受音乐，记得赞美生命……爱每一段路上的自己。

二

至于期望，我想再次重复一直以来教育你的我认为十分重要的两条：做事要多考虑别人，说话要少说反问句。

关于这两点，我们家平时都是指令明确、执行严格。

先说一段我记录下来的关于你的美好回忆吧。

2015年3月9日（源源将满十一岁），晚上9：50，源源用热水壶煮水给我泡脚。她不像以前那样把冷水和热水在盆里调成40度左右才端来，而是端来半盆冷水，让我把脚搁在盆的两边，她则微微倾斜热水壶，慢慢把热水注入盆里（没有一滴水溅到地上），笑说："妈妈，让您的脚先给蒸汽熏熏是不是很舒服？"等她用手试好水温，把我的脚搬进盆里后，她笑眯眯地问："要不要我再去煮点热水，等泡脚水凉了给您添点？"……

亲爱的源源，你是不是打算做到像我经常教导你的那样：做事要认真，要多为别人着想，就算以后扫大街也要做扫得特别干净的那个！

三

时间往前推,还有一个关于你做事会考虑别人的很好的例子:

2014年10月26日(源源十岁半),上午,源源及其所在的文化周末少年合唱团A班学员在市文化馆会堂参加中国著名指挥、中央少年广播合唱团专职指挥大师孟大鹏的指挥课,学员们在指挥课上作示范演唱。课前,学员们在排练厅排练,一些晚到的学员不知道去哪里搬椅子。只有源源(A班年龄最小的学员之一)起身去会堂搬来三张椅子给大姐姐们坐。这个细节让我欣慰和感动!想起她们合唱团团长说的"学合唱更要学做人",源源在领悟在践行。

之所以重提以上两件小事,一方面是肯定你过去的好习惯好品德,另一方面主要是启迪你以后的为人处世。

四

高一起,你即将开始此前没有过的全寄宿的生活,不可避免地跟舍友之间会产生作息时间安排、生活习惯的适应和改变、讨论问题的方式等方面的冲突和磨合。

如果你能谨记"做事要多考虑别人"并认真践行,我相信你会少一些苦恼,从而让你的人生更加美好。

以下这个例子也很能说明问题。

瑞典沃尔沃总部有两千多个停车位,早到的人总是把车停在远离办公楼的地方,天天如此。

问:"你们的泊位是固定的吗?"

他们答:"我们到得比较早,有时间多走点路。晚到的同事或许会迟到,需要把车停在离办公楼近的地方。"

明白了吗——多为别人着想时,你的路才会走得更宽更远……

五

关于"说话要少说反问句",我认为这是非常重要的、过日子的基本要求和基本方法。

我们时常喜欢说话不经大脑而说得很冲,事后又希望别人理解这是我们的坦率和个性。

但别人有什么义务和耐心受你的气呢?倘若还以为这是坦率和个性,实在是幼稚和自私。

反问句比一般的陈述句语气更斩钉截铁,更痛快,也更有杀伤力。

生活里,喜欢用反问句的人,给人的感觉是戾气重而难以亲近。家里,一直用反问句,很容易引燃怒火或者冷战的硝烟。

有人问你某事做了没有,"难道你没看见我正在做吗?""难道你不知道我在做别的什么事吗?"——换了你是问话者,得到这样的回答是不是恨不得扇答话者两巴掌?或者再也不想主动找这个答话者说话。

真的,多用陈述句和一般陈述句吧,少说反问句。

接别人的话,先说"是""好"。如果有不同意见表达,可用委婉的语气心平气和地表述。

因为忙,便写这么多吧。愿一切安好。

爱你的妈妈
2019 年 8 月 21 日,夜,于莞翠村

静静地，等待春来花开

——写给十六岁的女儿源源

亲爱的源源：

今天是 2020 年 4 月 5 日，你满十六周岁了。生日快乐！

在全世界新冠肺炎病毒肆虐的严峻形势下，铁定不能像往年一样送你这样的生日礼物——带你去旅行了。

写下一些散淡的文字，作为给你的十六岁生日礼物，愿你喜欢。

1

刚刚过去的春节假期，我们在意大利旅行。

虽然从意大利回来都过了两个月了，却不时想起米兰、威尼斯、佛罗伦萨、比萨和罗马的人文的、艺术的、历史感厚重的美丽景点，不时感叹那真是一个完美的旅程。

在旅途中，你是我们的好帮手。

在十一天的自由行里，除了由我预先订好机票和酒店以及粗略规划行程，其他的好多事情都是你去完成的：在每个城市的机场或火车站导航去酒店，办理入住和退房，在酒店前台咨询用餐时间及能否延迟退房，每晚敲定次日要去参观的具体景点，查找去景点的公交或地铁线路，在景点买门票以及落实十八岁以下门票优惠（如佛罗伦萨乌菲兹美术馆、罗马斗兽场套票都是对十八岁以下人员免票，其他景点则是有折扣票），购买城市之间的火车票以及查找乘车站台，按某些车次的火车要求在上车前找到打票机在火车票上打孔，用谷歌地图寻找附近美食、带我们在好餐馆大快朵颐……你较为流利的英语和良好的沟通能力又一次大显身手。

以下细节需要特别赞美一下：1月26日晚上，我们在罗马郊区的奥林匹克体育场观看意甲联赛第20轮之罗马VS拉齐奥。当天我们在市区乘公交车去体育场的途中，你竟然听出两个意大利乘客在说公交车线路已改，便带我们果断在某站下车、马上换乘另一路车、顺利抵达球场。

我不由得想起2015年春节假期前后十二天的四人（两大两小）日本自由行。

那一次旅途的后半段，我们两个大人热烈地表扬了你。每到一地（东京、京都、北海道、大阪……），不到十一岁的你和十五岁的大姐姐旅伴都是马上找来当地观光指南和地铁线路图、在迷你ipad上下载地图，一起研究入住酒店的路线和每天如何转乘地铁到各个景点，乐于为大家规划、购买地铁票，被我们戏称为小拐杖和导航小天使。

每每想起你的独立和自力，我便时常暗自庆幸，家里从来不娇宠和溺爱你，什么事都放手让你去做，其实对你是很好的锻炼。这种刻意的培养，也许你长大了才会懂得其中的价值。

2

我们在你出世前一年（2003年），经历过SARS的恐慌。

所以，今年的1月22日，得知武汉将因疫情封城的消息后，我们在佛罗伦萨的四天时间里，见到药店都让你进去问有没有口罩卖。每次你都失望地出来。

好不容易在回国前两天，我们才在罗马的两家药店买到一些口罩，终于在机场和飞机上都有口罩戴了。

1月30日，我们按原计划顺利回到了家。次日起意大利就宣布取消意大利往返中国的航班。因此我们偶尔说起来，便说我们是幸运的。

从意大利回来后的第七天，我咳嗽得厉害，半夜里喉咙痛得如刀割一样，被感染的恐惧冒上我心头，醒后不能重新入睡，好几次爬起来上网查感染了病毒是什么症状。

那时候的恐惧，想起来还是这么真切。幸亏当时稍微冷静下来，回过头检索自己到过的地方，与什么人接触过，以及计算时间，觉得被感染的可能性比较小，但也不能排除。比如从罗马飞回香港的11小时航程中，只有中国乘客戴口罩、外国乘客少见戴口罩的；在罗马机场没有测温等防控措施。

从那天起，度日如年，掐着指头一天一天地减掉时间，到了第14天，基本上可以排除自己感染了，精神上才放松下来。

你也许不懂，在害怕疾病或灾难来临的日子里，白天有多坚强，夜里就有多脆弱。

3

寒假结束之后，你们不能像往常一样返校。

特殊时期，在家上网课，于你，是一个新的体验，也许会是整个求学生涯中的另一种独特体验吧。

在家学习确实没有学校学习的那个氛围；没有同学面对面的

讨论交流，没有老师的当面提点，这种日子，也许不是孩子所喜欢的吧。

每天离开家去上班的我，是不知道你在家上网课的认真程度以及学习效果的，也没有多问，还是一如既往地信赖你会安排好自己的学习。

在我的印象中，你学习压力最大的来源是自我严格要求，其次是同学竞争，适当的竞争可以激发学生不甘落后的进取心。我希望你在较高的自我要求和期望中学会反思，不要对自己一次两次的表现不佳产生不满和挫败感。

疫情当前，居家学习是全国学生共同抗疫的举措，我能理解你的学习受到一些影响是正常现象，也理解你当下学习的不容易，希望你能接纳自身的不足，减轻心理负担。

我相信你有积极的进取心并致力于保持这份进取心，我更希望你能强化学习方面的成就感和愉悦感。你只需要努力，时间自然会给你最好的答案。

我仍然是这样祝福你：愿你埋头学习的同时，记得学会享受学习的乐趣，享受吸收知识的愉悦乃至幸福。在上课的间隙，记得多看看窗外的绿色，记得见缝插针地锻炼，记得多亲近钢琴，让音乐充溢一屋子的美妙……

现在是 2020 年 4 月 5 日深夜，雨还在下。

这几天都是下雨，阴冷而潮湿。

在键盘上敲击着写给你的信，想着春天已经来了。

让我们静静地，等待花开的绚烂，和温暖。

爱你的妈妈
2020 年 4 月 5 日，夜，于莞翠村

你的努力，岁月能懂

——写给十七岁的女儿源源

亲爱的源源：

今天是 2021 年 4 月 5 日，你满十七周岁了。生日快乐！

在新冠疫情不那么严峻的形势下，似乎可以像两年前那样，把旅行作为生日礼物给你。

然而，你 3 月底就说了，清明假期不能玩了，全部拿来学习，放假完立马有两个大考还有一个 project 的 ddl（截止日期）。

所以，依然像去年的今日那样，在寂静的窗下，写下一些散淡的文字，作为给你的十七岁生日礼物。愿你喜欢。

一

去年 8 月 17 日，你告别东莞中学（高一年级就读的学校），在华南师范大学附属中学国际部（HFI）AP 班（美国大学先修课程班）正式开始高二年级的学习生活。

十六岁改写人生。

世界很大，需要用脚去丈量。

勇敢拥抱变化，也许就能拥抱前方的精彩。

然而我深深知道，在高中的求学生涯里，你重新选择了一条更艰苦的路。

HFI是美式高中，跟此前的普高相比，无论是学习内容还是教学模式等，方方面面都与以往有非常大的不同。

于你，全新的学习体系是成长路上的极大极新的转变和更高强度的心智锻炼。

所幸，你以积极、自信的心态，以较好的适应能力，快速融入新集体的学习和生活中，并加倍努力，在学业方面不断进步。

二

你变得比以前更加勤奋，是格外地勤奋。

因为，HFI给你的挑战不是一般的多。

必须马上适应所有科目都是全英语教学。

你的高二AP课选了经济学、数学微积分BC、美国历史、英语语言学。后两门很难，十分考验你的抗挫折能力。

你减少玩乐及每月返家次数，充分利用好课余时间。

校内，额外选修每周日下午开课的三小时创意写作课程。

校外，报读托福和SAT强化课程。

你在HFI参加的社团是金融社、数学社。

去年国庆期间，你没有选择出游，而是和另五名同学组成团队参加2020年GFC商赛（为危机博弈系列商赛），斩获第1名。

商赛对你接受商科学术训练、互相合作解决问题、批判性和创造性地思考问题方面都是不小的挑战和锻炼。

天道酬勤，渐入佳境。

高二第二学期的AP课成绩进步明显，宏观经济学、数学微积分BC都拿到A+的好成绩。

最近读到一句话深受触动——"天才的孩子并不多，爱用功的孩子本身就是高素质的一种体现。"

这也是你的勤奋带给我的豁然开朗的感受。

三

除了为你近一年来的勤奋和努力所折服和感动，更为你找到了学习的快乐、逐步提高独立思考的能力等方面的进步而无比欣慰。

上周，你在准备康奈尔大学的夏校申请书。

申请书要求你说说自己观察到的社会现象，然后提出解决方案。

你准备了两个主题，《粉丝集资现象》和《企业如何帮扶贫困人口》。

你在阅读大量相关资料的基础上，从经济学、社会学的角度提出了解决方案。

我看到你能从多角度去了解课题，并且初步掌握了条理清晰并有说服力的写作方法。

北京大学教授周其仁说，在信息技术神乎其技的时代，求知的重点越来越指向个体知识。

在接受严格的、扎实的学术训练的基础上，进一步培养独立思考能力，培养创新能力。

在正确的道路上你只需要努力，时间自然会给你最好的答案。

四

去年11月，你花了很多时间参加了 Voice of HFI（华附国际好声音）歌唱大赛并在决赛中荣获第3名。

无论功课多忙，唱歌依然是你最大的业余爱好。

在这件事上，我看到你在有限的时间里尽可能地平衡学习、爱好、特长的智慧，并愿意为自己热爱的事物付出更多的汗水。

去年圣诞期间，你去上海自由行，重点内容是迪士尼疯玩。

玩之前先去拜访两家机构，为了帮助你了解自己的大学专业目标和职业规划所涉及的行业。

一是探访君合律师事务所，虚心向君合的高级合伙人请教未来职业倾向和从事法律服务的一些问题。

二是探访上海希瓦资产管理有限公司，聆听希瓦销售总监关于私募基金的介绍，这让你大开眼界，对金融行业保持浓厚的兴趣。

虽然别人的人生际遇你无法完全复制，但是珍贵品质却是可以学习的。

我记得顺丰控股创始人王卫说过，并不是每个人知道了别人的优点后都能够学得会，但是我们首先还是要"知道"，再谈"做不做得到"的问题。

我不知道你心底烙印的是怎样的人生目标和理想。

但是我希望你能做到：独立思考，终身学习，敢于挑战，保持好奇。

五

在键盘上敲击着写给你的信，不知不觉已是深夜。

想必你还在宿舍床上的小桌板上打开着你的笔记本电脑在学习吧。

那盏小台灯亮着。

是的，我相信，你的努力，岁月能懂。

凡是过往，皆为序章。

在向学问精深，世事洞明，人情练达的境界探索的过程中，你当然还有很长的路要走。

你的未来，并非虚妄。

耐心地顺着成长之路一步步地走，培养提高自己包括学术能力在内的各种能力，摸索适合自己专长的领域加以学习和提升。

愿你加倍刻苦学习的同时，记得学会享受学习的乐趣，体会吸收知识的愉悦乃至幸福。

这种幸福也许可以看作是为了提升自己、超越自己而日日付出努力。

正如张磊在《价值》一书中所言：流水不争先，争的是滔滔不绝。

我乐于见到你的坚毅和韧性。

最后，再分享一次我特别喜欢的这句话。

"种一棵树最好的时间是十年前，其次是现在。不管你现在多少岁，如果有自己真正想要做的事情，那就立刻去做，人生永远没有太晚的开始。"

与你共勉。

祝福你。

祝福你的理想日渐丰满。

爱你的妈妈
2021 年 4 月 5 日，夜，于莞翠村

亲爱的源源

(2009年3月4日) 新毛巾上的小糖果

昨天,给源源换了一条新毛巾和一支水果味的牙膏。毛巾上的图案是各式各样的小糖果,源源看了特别喜欢,眼睛笑成了一条缝(用源源自己的话说是"笑一个眯")。

今天早上,源源洗漱、穿衣后准备去上幼儿园。我像往常一样亲了一下她的脸蛋,闻到一股淡淡的水果味道,诧异地问她:"你脸上涂过什么baby油吗?好像是糖果的味道!"

源源笑眯眯地说:"妈妈,我吃了新毛巾上的一颗小糖果!哈哈!"

(本文发表于2009年3月16日《东莞日报》A12版"闲情"之"家有趣事")

(2009年3月5日) 大人有自己的事要忙

在晚餐桌上,和源源(将满五岁)聊天:我知道有些小孩很喜欢缠着爸爸妈妈的,爸爸妈妈一说要出门,他就要跟着。你说这样的小孩乖不乖啊?

源源马上回答:不乖呗,有什么好跟的呢?大人有很多自己的事情要忙的嘛！

（2009年3月26日）不该出生的孩子

在午餐桌上，和源源说起：我同事的儿子，是比你小一点的男孩子，平时很喜欢缠着他的爸爸，爸爸一说要出门，他就要跟着。

源源接话：这样不乖的孩子，他妈妈不该把他生出来嘛！这样的孩子让大人觉得多麻烦啊！

（2009年4月11日）最近喜欢模仿小沈阳

源源（刚满五岁）最近很喜欢模仿小沈阳，经常笑眯眯地大声说"这个，没有；这个，真没有；这个，可以有……哈哈哈"，一副自娱自乐的模样。最经典的是：一天晚上，像往常一样叫她上床睡觉前上厕所，她不服气（可能是因为半个小时前上了一次厕所），坐在马桶上颇不合作地说："妈妈，这个……真没有……哈哈哈……"我说："这个，可以有。"很快，她就解决了问题，然后开开心心地听我讲睡前小故事去也。

（2009年4月19日）源爸记录的源源很乖的一天

今天上午，源爸、源妈、源源和源源的堂哥南麒去虎英公园玩。

中午，源爸、源妈、源源跟源源的外公、外婆、大姨、表妹凌婧、小姨、小姨丈等人一起吃巴西烤肉自助餐。

接着，源妈去美容院，源爸带源源回家睡午觉。

源源乖乖地一个人在小孩房睡觉，后来被空调冻醒了。源源就起来找到遥控器把空调关掉，然后一个人静静地在房里画画，不吵源爸！

(2009年10月18日) 奶奶能回到年轻的时候就好了

晚餐桌上，源源的奶奶说起她年轻的时候有一个石膏像，是著名雕塑家林毓豪（海南雕塑"鹿回头"的作者）为她雕的，这个石膏像还参加过几回展览。

源源有点不解："你们说些什么啊？"

我笑着说："我们在说一些复杂的事情。简单地说，就是奶奶年轻的时候很漂亮。"

源源说："如果奶奶能回到年轻的时候就好了！"

我问："为什么啊？"

源源说："这样我们才知道奶奶年轻的时候是不是确实很漂亮呀！"

(2009年10月20日) 半夜打着手电筒看书的源源

在读书、认字方面，源源爸爸和我对才五岁半的她没有任何要求，只盼她尽情地玩、快乐地成长就可以了。但是，她自己好像在这方面还是蛮认真的呢。

昨天晚上——

我有饭局，饭后还去卡拉OK玩了一阵。到家里已经是晚上十点半了，源源已熟睡。我摸到她头上、身上都是汗，不禁为她的说到做到叫好（因为天气预报说今天有冷空气，所以我叫源源今晚不要开空调睡觉了，她答应了而且不需要我督促就自觉地做到了），为她开了空调。自己洗漱后看书去了（源爸去了厦门大学培训，通常没有他的夜晚我看书到凌晨三点左右）。

到了凌晨一点，我去看她有否踢被子。她翻了个身，醒过来了，一骨碌坐起来，嘴里嘟哝着："妈妈，你捣什么乱！今天晚上不回来陪我讲故事，我明天要在小广播里讲给全幼儿园的小朋友听呢!"一边拿出放在床头的小手电筒照着,一边打开书就给我讲起故事《怪物小科比》来了。我指出她读错的字,她认真地给我讲了两遍就躺下准备继续睡觉了。

我问她:"源源,你为什么打着手电筒,不开灯呢?"

源源回答说:"妈妈,我记得你说过,你半夜如果醒来开灯就不容易再睡着啦。所以我就不开灯啰!"我听了很感动,为她是个懂得为别人着想的小小孩子。

今天早上——

未到七点,我还没起床,听到源源在客厅里朗读故事《怪物小科比》(平时她是到七点二十分我去叫她才起床的)。我很欣慰,为她的认真和自觉。

(2009年11月11日)昨晚发觉源源竟然认识很多字!《格林童话》给我讲了一篇,很少有不认识的字而卡住的。临睡前还给我编了两个故事!让我甚为惊喜!

(2010年3月4日)源源送给我的"三八"节礼物

今天傍晚,源源从幼儿园放学回来,笑眯眯地迫不及待地送给我她自制的"三八"妇女节礼物。我很开心!仔细端详——是源源的手工加画作:粉红色A3纸对折,正中位置是大大的心形镂空,"心"上下均点缀了美丽的花朵图案,右下角认真地写上"3月8日妇女节"("妇"和"节"字以前没写过的,学写得不错);内页是一个美丽的花盆上盛开着向日葵和玫瑰花,部分图案通过那个"空心"和封面的花朵图案浑然一体,真的挺巧妙和可爱!

(2010年7月7日) 自由的定义

昨天傍晚和源源（六岁）一起去游泳。源源主要是和泳池里的小朋友玩闹：跳水、在水里翻跟头等等。偶尔来理下我，也是想按着我的头让我学闭气、潜水。我这个旱鸭子是很难配合的。当我套着游泳圈以仰泳的姿势在慢慢漂着的时候，源源笑了：妈妈，你不要那么自由嘛！我也笑了：源源，你知道什么是自由吗？源源马上若有所思地回答：嗯，就是想干什么就干什么呗，随随便便，爱怎么样就怎么样，谁也管不了你！

我被逗乐了。想起昨天早上起床后读报纸，是关于前北大校长许智宏的访谈，他提到康德的话：教育就是培养自由的人。令我感触很深。没想到当天傍晚源源竟然也用自由这个词来形容我。源源这个孩子经常有小大人似的话语让我惊喜，我想这一定是我们家十分刻意地也十分自然地让她尽情地参与各种事情，而且十分尊重她的自由的表达的结果。

（2013年5月12日）莞城少年宫第二届拉丁舞锦标赛暨团队招考。刘源源已杀进九岁单人单项组别的决赛！她身材高挑、节奏感超好、舞蹈动作刚劲而优美。知道她棒，不知道她是如此的棒！赛后顺利入选拉丁舞表演班。

（2013年5月26日）"文化周末大讲坛第51讲"之《秦文君·美妙的儿童文学之旅》讲座今天上午在东莞市民广场西正厅举行。和九岁女儿源源一起聆听。秦文君：阅读，开始比什么都重要。

（2013年5月30日）今晚和源源一起陪我妹妹去雅莹（EP）专卖店买衣服。她试了几套，有两套特别漂亮，她问我们：是买5000多元那套还是1999元那套好呢？源源答：小姨，太便宜的通常质量不好！

（2013年6月2日）2013年东莞市游泳系列赛（厚街站），源源获得2003年、2004年组别50米蝶泳第8名、50米自由泳第13名！源源是2004年出生的，和2003年出生的一起比是有点吃亏，但是比赛成绩是刷新了自己的纪录的，教练说她的训练成效很显著！

（2013年6月8日）源源所在的文化周末少年合唱团与波兰奥利瓦合唱团交流暨演出活动于今晚在文化周末剧场举行。

（2013年6月11日）第一次参加独唱比赛

6月11日，在万科金域国际花园的卡拉OK比赛海选环节，源源大方登台唱了一首谢安琪的《兰花指》。九岁的她是年龄最小的参赛者。

6月12日接到通知，源源在海选环节成功晋级，可以参加初赛。她淡定地选定了参赛曲目《A little love》。幸运的是，本来是为源源打气的我也凭一首《白天不懂夜的黑》进入了初赛，即将母女同台PK了！

6月16日，源源和我参加第一场初赛，据说该场初赛是数场初赛中参赛选手实力最强的，源源以第10名晋级决赛，我则以第12名无缘决赛。继续为源源加油！

9月6日，源源在万科·国际最强音卡拉OK决赛上演唱吉克隽逸的《彩色的黑》。源源成绩：第六名！

（2013年6月12日）源源昨天上午教了我十六个英语单词，到晚上竟然在电脑上用PPT形式帮我复习这些单词。源源老师制作PPT完全是无师自通啊（关键是我不会，没法教她）。看着她用其他颜色标示出来的我发错音的那部分字母，极其认真地纠正我，我是一下子体会到了学习之外的幸福！

（2013年6月29日）2013年东莞市游泳系列赛（长安站）。源源获得2003年、2004年组别50米自由泳第16名（48秒23）和50米蝶泳第11名（1分04秒）！

（2013年7月8日）源源参演的音乐剧《盛开的桃花》剧组应广东省妇联、省委宣传部、省文化厅的邀请，参加7月9日在广州香凝剧场举行的"童心共筑中国梦"百场巡演授旗仪式暨首场演出活动。全省只有一个基层学校的节目入选。孩子们将和省话剧团专业演出团同台演出。

（2013年7月20日）源源发现我有了一条白头发，一定要帮我拍照以立此存照。

（2013年8月18日）喜讯！音乐剧《盛开的桃花》荣获广东省第九届少儿艺术花会语言艺术专场比赛金奖，是整个语言专场唯一一个获得金奖的戏剧节目，并被上级文化部门推荐参加CCTV小品大赛和《我要上春晚》节目的选拔。

（2013年8月24日）下午源源排练完节目之后，致电我不用去接她，她自己坐公交车去亲戚家。她比我先到，用时20分钟，转车一次。这是源源第一次一个人独立乘坐公交车，干脆利落！虽然九岁了自行乘公交没有什么了不起的，但对她而言毕竟是好的开始，而且我们说好了以后要多走路和坐公交！

（2013年8月26日）源源出品私房菜：葱油饼！前几天家里买了个新锅，源源一定要第一个用。自己上网查找了葱油饼做法，依瓢画葫芦，大功告成！她在擀面时还无限感慨：其实世界上真的没有太多母亲可以放手这样让孩子自己做菜的！

（2013年9月19日）《盛开的桃花》北京行

9月19日，第一个不能和源源一起过的中秋节。今天上午，源源等《盛开的桃花》剧组成员一行飞北京参加央视第九届全国电视小品大赛的集训和比赛，为期半个月！每逢佳节倍思亲，想她。

9月21日，《盛开的桃花》剧组的孩子们在北京拍宣传片。宣传片里源源说自己的特长就是游泳最快！

9月22日，刚才，源源在电话中听我说原定今天举办的市游泳锦标赛延期了，因为台风。她说：我知道，是台风天兔，台风能不能留在东莞久一点，让我从北京回来还能参加锦标赛呢？！

9月28日，源源去了北京十天，演技突飞猛进了！今天，源源两次接我电话时，冒充同宿舍的攸攸，跟我"阿姨长阿姨短"地聊了半天，声音和内容都拿捏得像极了攸攸，以致晚上她说自己是源源时，我都不敢相信了！

9月30日，莞城英文实验学校发给家长的短信：我校的儿童音乐剧《盛开的桃花》入围第九届全国电视小品大赛决赛。由我校老师创作及学生表演的儿童音乐剧《盛开的桃花》在全国选送的100部作品中脱颖而出，成为进入决赛的24部作品之一，是入围决赛的唯一少儿表演作品。全国电视小品大赛决赛不区分专业组和业余组，作品能够入围决赛实属不易。10月2日晚上7：30，该剧组的小演员将与全国各地顶尖小品艺术家们同台竞技，中央电视台综艺频道（CCTV-3）现场直播，期待您的关注。

10月1日，最近两天，在北京的源源接我电话时，总是先冒充同宿舍的攸攸，跟我"阿姨长阿姨短"地聊半天后才露真言。刚才接我电话时，我猜出是她了，说："你是源源！"她竟然狡辩说："我不是源源，我是阿姨！"

10月2日，第九届全国电视小品大赛第三场19：30在CCTV-3综艺频道现场直播，源源参演的音乐剧小品《盛开的桃花》于第四号出场。刘源源和她的伙伴们好棒！

10月3日，赛完放松，老师和孩子们"北京一日游"！上午天安门和故宫，下午鸟巢、水立方和清华北大！重游北京的源源，比四年前长高了28厘米，不再是那个119厘米的小可爱啦！

10月4日，孩子们三人一组跟一位老师坐地铁去王府井边逛边吃！老师总结：孩子们说今天很有意义，因为可以一路吃、一路买，还有很多新奇好玩的东西，最后在书店几乎花光所有的钱了！

10月12日，20：00，《盛开的桃花》亮相央视回莞后的第一场演出！在文化周末剧场参加"群星璀璨——东莞市原创文艺精品展演"晚会。

（2013年9月24日）我家源源爱做家务，特别是拖地，洗马桶，洗小件衣服，以及将冲凉前接下来的冷水搬到马桶旁备用、二次利用来冲马桶。此外，最爱查菜谱制作精美饭菜！

（2013年10月13日）今天19：15，在东城一个红绿灯路口等绿灯，眼睁睁地看着我车前的一辆凌志越野车后溜，我猛按喇叭，它在最后一秒刹住。坐在后排的源源气坏了："这个人怎么开车的！如果我是大人，一定下去踹他（她）一脚！"在这多事之秋，我这次算是有惊无险。总结两点：一是自己平时有跟车尽量不要太贴前车的好习惯，所以这次前车溜了好久也没撞上；二是自己还不够反应快，遇事还是太紧张了，没有在按喇叭的同时迅速看后视镜，如果我车后无车，我应该打危险灯后退，也是一个避险方法。希望各位亲友借鉴！

（2013年10月17日）今天，2013年莞城小学生游泳比赛在莞城体校举行。刘源源获得女子乙组50米自由泳决赛第5名、女子乙组50米蝶泳决赛第3名的好成绩！速度比半年前快了，为她的进步鼓掌！

（2013年10月26日）东莞市游泳系列赛（麻涌赛区）。刘源源获得2003—2004女子200米自由泳决赛第12名和2003—2004女子50米蝶泳决赛第12名!

（2013年10月26日）观看《明天》（正能量现实主义话剧）。该剧获得国家"五个一工程"奖。演出结束后，该剧编剧霍秉全（国家一级编剧）与《盛开的桃花》剧组部分演员合影，并向莞城区委书记刘林宏赞誉，《盛开的桃花》在央视第九届全国电视小品决赛中给他留下很深印象。

（2013年11月9日）20：00，源源和我观看文化周末晚会"聆听·绝响"——世界著名钢琴家阿里·瓦迪钢琴独奏音乐会。这是千载难逢的夜晚！阿里·瓦迪是以色列乃至全世界最优秀的钢琴大师！他说音乐就是旅行（可以是时间的、空间的旅行），他的演奏内敛、纯净得让人惊讶，他在烛光下（关掉灯光）弹奏贝多芬的《月光奏鸣曲》。他指间流淌的音乐，竟然是一首宁静到极致的诗。

（2013年11月9日）22：40，在卡夫卡咖啡遇见鱼子，在她的鼓动下果断转场至新开张的清吧"巴洛克"（位于汇一城）。鱼子和刘源源联袂献唱《解脱》。阿童木乐队盛赞源源的节奏很准！

（2013年11月13日）为期三天的莞城英文实验学校以"超越自我　放飞梦想"为主题的素质训练营胜利结束！小兵们从广州国防教育基地回到学校举行结营仪式及活动成果展示！带着脚伤的源源刻苦训练，获评优秀学员！

（2013年11月20日）源源出品私房菜：手工水饺。源源包的饺子像小蒜头，我包的是四不像。配小吃：盐焗腰果+巴旦木果仁，甜品是冰糖雪梨糖水。

（2013年11月23日）2013年东莞市游泳系列赛（莞城站）。刘源源的参赛项目是2003—2004女子50米蝶泳决赛。脚伤未痊愈的源源坚持参赛，获得第9名，比赛成绩48秒69！

（2013年11月26日）源源出品私房菜。今天的晚餐，还是吃饺子。我包的饺子有明显进步，起码样子比较统一了。虽然某微博好友嗤之以鼻说比他包的差远了！虽然源源怪我包的馅里肉太少！仅在此自勉：俺起点低，俺的进步空间会很大！

（2013年11月28日）人生第一次拔牙！刚刚拔掉了左边的一颗智慧牙，半年后还得来拔右边的那颗。感谢女儿源源的鼓励，让我克服数月来的恐惧和犹豫、拖延，勇敢走进医院口腔科！想起九年前的我，考取了驾照四年却不敢开车上路，直到源源出世半年后才鼓起勇气在小区苦练一个月开车和泊车之后潇洒上路。陪伴源源成长的过程很多时候是我克服懦弱、懒惰、气馁和沮丧的过程。感谢这个性格坚强得有点冷峻的孩子，我的天使。

（2013年12月11日）源源左脚受伤了，冰敷中。这个受伤多过吃饭的调皮鬼，右脚脚伤才刚刚好。她每次报告伤情的开场白是："妈妈，对不起！我告诉您一件事，您先答应我不骂我……"不骂，从来不骂。先同情一番，然后告诫以后要注意安全注意自我保护，即使是批评，也以尽量柔和的方式。

（2013年12月20日）今天下午举行的莞城英文实验学校第十届体育节田径运动会比赛中，源源参加两项比赛，分别获得D组女子400米跑第三名和D组女子跳远第一名！

（2013年12月21日）20：00，雪之声——文化周末少年合唱团、莞城合唱团双专场音乐会。看女儿刘源源（文化周末少年合唱团B班成员）等孩子们的演唱！演出结束时合唱《明天会更好》！

（2013年12月26日）今晚桃花再次盛开！20：00，"大爱同行关爱妇女儿童"慈善义演在广州白云国际会议中心举行，源源参与演出的儿童音乐剧《盛开的桃花》是第19个节目。该晚会由广东电视台录播。

（2014年1月1日）长白山滑雪

1月1日，新年第一天就撞彩了，遭遇航班延误，辗转之后航班取消。14：20起飞前往长白山的飞机在跑道上兜了一圈后，因长白山大雪不适合降落而没起飞，等到16：30告知航班取消后又马上说可以飞了。17：15重新登机，到达长白山后不能降落，只好返航沈阳（听说明早十点再飞）。20：10入住机场宾馆。今天坐飞机"三起三落"。第21次坐飞机的源源，第一次经历如此波折的航程，相当淡定！

1月2日，10：00，继续出发乘机前往长白山！办理好航班和酒店延期一天的手续，4天旅程变5天！下午长白山玩雪。比面粉还白、绵软、晶莹的雪！空气无比清新，天空高远，是七彩的蓝。

1月3日，7：40—8：25，自助早餐。哗，下起了中雪。餐厅落地窗外，冰花般的雪的精灵飞舞着，美得令人惊叹。8：40—9：00，教练在平地带我们热身、教我们动作要领和试滑。在初级滑道上，运动健将刘源源被教练带领滑了一次马上就会了，随心所欲地一个人滑！教练表扬了她几次，还说她下午都可以学中级课程了！10：50—12：30，教练离去后，自由飞翔的源源！13：40—16：00，在超好玩的娱雪世界（分为冰世界和雪世界）尽情玩耍！我们玩了冰上小火车、冰上自行车、冰橇、冰上碰碰车和滑雪圈等。最好玩的就是滑雪圈了！雪世界有各式各样的人工雪坡和天然雪坡，滑起来非常带劲！

1月4日，10：20，坐缆车上山，去看看滑雪场全貌以及在高级滑道上飞翔的勇士们！14：30—16：00，佛库伦冰雪世界，好好玩！"时光隧道"是滑过200米不见天日的雪坡道，有点像迪士尼乐园的"飞越太空山"！还体验了一下雪地高尔夫练习。18：30—20：00，源源在威斯汀酒店泳池畅泳，我则尽情享受按摩池和桑拿！

（2014年2月1日）节前事多、人忙，大扫除只搞了一点点，除夕开始才每天清理、收拾家居杂物。今天上午把厨房彻底地清洁了很大一部分，借助英国产的JiMix不锈钢清洁膏把顽固油渍和污渍轻松去除，做起菜来心情更愉悦了！表扬爱做家务的女儿源源，把所有厨房器具都擦洗得锃亮如新的那份丝毫不敷衍的认真劲！

（2014年2月5日）源源告诉我，她的四年级上册语文课本提到钱塘潮最壮观的时间是农历八月十八，我答应她今年八月十八会尽量安排时间带她去看。看到报道《组图：浙江海宁万人争睹马年第一场钱塘江大潮》，如果知道现在也有得看，我们就飞过去了！前几天还在携程上暂存了上海自由行的订单哟！

（2014年3月2日）下午，东莞植物园，和自闭症儿童一起玩。

（2014年3月25日）今天下午，刘源源、季冉和张祖毓同学代表莞城英文实验学校四（6）班参加四年级新加坡知识知多少知识问答比赛获得第一名！活动现场刘源源等三位参赛选手答题非常给力，被评为最佳选手。哈哈，天道酬勤！这几天陪源源背新加坡知识及变换着考点考她的功夫没有白费！

（2014年4月5日）今天是源源的十岁生日。从刚出生的52厘米，到今天的152厘米，可爱源源茁壮成长！她在上午终于尝试了此前不敢坐的广州长隆欢乐世界里的十环过山车！

（2014年4月19日）今天上午，源源在东城体育公园参加市游泳系列赛陆上项目比赛。四岁表弟李玮博也来为她加油。

（2014年4月20日）上海游学之旅

4月20日，源源等33名四年级同学的上海游学之旅顺利启动（4月20日至4月26日，主要体验上海福山外国语小学的课程及外语节）。

4月21日，上午，孩子们参加福山外语节——西班牙文化周开幕式；下午，同学们分成五组开始进入每个班级上课，课程内容是电影欣赏。上海，春雨淅淅沥沥地下了一天，又湿又冷的天气丝毫没减弱福外西班牙文化周开幕式的热度，更没降低莞英孩子们初来乍到的兴奋度。

4月22日，天气稍暖，有些许日光渗透。上午孩子们分组在班级上课，有语文数学美术体育课。孩子们的适应能力都很强，课堂上积极发言，课内课外都已融入福外的集体了。下午，孩子们参观上海科技馆，大家用了四个小时走完整个馆，用笑脸诠释着孩子们的童真。晚上，夜游黄浦江，孩子们感受了多彩而繁华的上海，还大胆与外国游客用英语会话。

4月23日，今天阳光明媚，升旗仪式照常举行。同学们还学了一套福外的武术操；下午第一节课是莞英和福外学生们的篮球赛；下午第二节课，福外为他们专开了一堂"蝶艺"课，每位同学都亲手做了一个属于自己的蝴蝶标本书签（福山蝶艺），源源说回来后要送给爱读书的妈妈（这么巧今天是"世界读书日"）！因为天气晴朗，所以老师让同学们放学后感受一下校园环境，源源等部分同学在草地上踢足球。奔跑是孩子们诠释快乐最直接的方式，游学的快乐与日俱增！

4月24日，早上的升旗仪式后，吴依格同学代表莞英讲话。福外的学生代表讲话也赞扬了莞英的同学们：落落大方、上课积极回答问题、和福外同学们相处愉快。源源说，上午的国际课很独特，介绍世界上的艺术；下午的探究课她也特别喜欢！晚餐孩子们都是"光盘"行动！

4月25日，今天是在福外学校的第五天，也是最后一天：孩子们彼此建立了深厚的友谊；离别之际迟迟不离开课室，交换着礼物，互留通讯方式。不舍是今天的主题，孩子们说如果下次还能来就好了！午间，校园里响起激情四射的历届足球世界杯主题曲，而孩子们却异常安静地用餐，是有离别的些许惆怅吗？下午，师生们参观了世博会纪念馆。

4月26日，上午，师生们参观环球金融中心，中午就在机场候机了。孩子们怀着不舍的心情在机场依然欢悦着。

（2014年4月30日）女儿，是妈妈前世今生的爱人派来守护、体贴妈妈的天使。一定是！

（2014年5月15日）被人催稿的感觉真好，今天上午一个小时写了一千字顺利交稿，让我觉得各种拖延症懒散症是有药可医的！我一生中最缺的贵人就是每周催我一篇稿的人或者每年催我一本书的人！女儿源源就比我幸运多了，昨晚临睡前被我要求以同样的命题写几句，小家伙五分钟内在我的手机备忘录页划拉出210字！小家伙是否明白那个让她从一年级到现在四年级天天写日记的妈妈其实是她的贵人？！

（2014年5月19日）源源刚从文化周末少年合唱团B班升上A班，就遇上了7月底去台湾交流演出的好机会！

（2014年5月28日）最近半年，发觉十岁的源源吃得少却高得快，当妈的盲目自得了一回：少吃草的马儿也可以跑得快哦。孰料近日读一专家文章才如梦初醒捶胸顿足！原来10至14岁儿童长高过程中容易缺钙（表现之一就是厌食）甚至脊柱侧弯！糊涂妈妈马上亡羊补牢：网购自然之宝钙+D软糖给源源补钙，但愿为时未晚！

（2014年5月28日）我送给源源的六一儿童节礼物之一，是两套质地很好的薄长袖睡衣。这几天，每当她临睡前穿上新睡衣就会为那种很棉柔很舒服的感觉赞叹几句"好好玩呀好好玩"，把我逗得可开心啦。但是她还会很体恤地说："以后不要给我买这么好这么贵的衣服啦，一般般的就行。"我想对源源说的是：一、喜欢你对美好事物的尽情赞美，一如你平时赞我做的菜或带你去品尝的美食，以及旅行途中的风景；二、你知道我们不是家境富裕，自小很少提物质上的要求，除了要看玉兰大剧院的演出经常指示我提前很早去买最好位置的票之外；三、我喜欢向你灌输自己对品质的要求，比如在能力范围内买最好的东西，比如品质好的东西能带给我愉悦而不是烦恼，等等。我希望用这种消费观熏陶你。

（2014年5月29日）源源和我积极参与"献给玉树小学生儿童节心愿包"征集活动。因身体不适不能去现场捐款，昨天转账898.50元，源源捐1套、我捐9套心愿包，愿玉树小朋友节日快乐、健康成长！源源一直喜欢跟我参与公益活动，比如陪我去探望我作为"爱心父母"而助养的困境儿童，比如参加"和自闭症儿童在一起"等活动，比如为山区孩子捐书捐钱……我想对源源说：一、慈善不是只有富人才可以做，只要愿意，任何时候都可以行动；二、慈善不是要等长大了会挣钱才可以做，你的零用钱、利是钱可以把公益作为最大用途；三、赠人玫瑰，手有余香，愿你永远保持善良、体恤他人的美德。

（2014年5月30日）感谢源源的伯母送给源源的儿童节礼物。37码的运动鞋啊好吓人！以后再长高岂不是买鞋都要私人订制？

（2014年6月1日）今天上午，"动画——《大闹天宫》"

特种邮票首发暨莞英少年邮局成立仪式在莞城英文实验学校举行。源源荣升莞英少年邮局副局长，我家竟然出了个"官"！孩子们载歌载舞欢庆，邮局七名工作人员正式开展了工作，以特别的形式庆祝六一儿童节！我给源源的赠言是：爱集邮、开眼界、长知识！

（2014年6月1日）为庆祝六一儿童节，源源和表妹凌婧去最喜欢的西餐厅莱茵堡"锯扒"，她们和小丑玩得很开心！餐后在小区泳池畅泳一个半小时。

（2014年6月7日）拿到录取通知书了！源源入选参演全英文排演的音乐剧《花木兰》，据说会提高英语口语水平的哦！这令整天鼓吹陪孩子共同成长却英文很烂的我情何以堪？唯有努力恶补英语才行！

（2014年6月10日）十岁女孩对自己行为习惯的反思与目标管理。控制自己的情绪和行为习惯对成年人而言都是知易行难的事，看到源源自己画的这张《养心图》竟有莫名的感动。《养心图》上是她对自己的要求：诚实守信！做错事要道歉！不喝饮料、不吃垃圾食品！对人说话要心平气和！好东西先给长辈！不要为不被满足的东西黑脸……

（2014年6月24日）源源让我帮忙买的书《合唱学新编》昨天到货了。知道她合唱练得好，却不知她还有用理论指导实践的积极性！喜欢她学习和做事的认真劲，以及从书本汲取养分的自学好习惯！

（2014年7月12日）源源量身高，1.553米了！今年上半年的身高增长速度已超过了2013年全年的！啥节奏？

（2014年7月15日）今天源源独自走路去SPAR超市买菜，懂得叫超市工作人员帮忙把龙骨切块，把瘦肉切片，把黄骨鱼剖好，青菜的分量把握得很合适，赞一个！

（2014年7月18日）从本周起逢周一、周三、周五15：00—16：00，源源在莞城少年宫学钢琴。她都是自己坐公交车往返。所住小区到少年宫没有直达车，两头步行、坐车、加上转车，单程约需50分钟。周一、周三日晒很猛，但总体顺利，虽然周三回程坐错了车，多走了两公里才到家。天气预报今天下午有雨。上午问源源怎么办，她说，不就多打一把伞呗。可能下雨影响了公交车的运行，源源在转车时比平时多等了十几分钟才坐上车，钢琴课迟到了五分钟。她致电我时丝毫没提这回的辛苦，只是说糟糕了要迟到了，只能跟老师说对不起了！

（2014年7月23日）源源出品私房菜：上午，源源去SPAR超市买菜回来，独力完成她称为"爱心便当"的午餐——丝瓜肉片汤面条。在超市，她请那个已经认得她的超市阿姨给她切适合煮面条汤的土猪瘦肉，按身边热心顾客给她的推荐挑面条；在家里，她耐心地把丝瓜削皮并切成薄片，并别出心裁地将一个煮熟的鸡蛋一分为二放在面条上作点缀。当听到她说"开饭啦！不对！开面啦！"我忍不住乐了起来！

（2014年7月30日）台北国际合唱节之旅

7月30日，晚上，学员们逛诚品书店。源源买了喜欢的几米的书，还看到十分喜欢的英文歌碟套装，但是她不舍得买（要550新台币，约合人民币125元），用相机拍了歌碟封面下来，说回来后网购也许优惠一些。

7月31日，上午，第十四届台北国际合唱节活动——"讲座+指导课"。指导大师：吴灵芬，中国合唱协会副理事长，中国音乐学院指挥系教授，世界合唱比赛评委，世界合唱理事会成员。难得的机会，学员们进行紧张而认真的排练。老师们给学员们安排的午餐是地道的台湾牛肉面，好吃极了！下午顺利完成合唱交流会，受到台北儿童合唱团、澳洲岗瓦纳儿童合唱团指挥的一致好评！之后前往台北音乐厅参观及用餐，晚上观看《菲律宾歌唱大使合唱音乐会》。一天的时间，学习、交流、观摩活动齐备，学员们在丰富且充实的合唱活动中，收获歌唱带来的快乐。

8月1日，上午，"两岸交流音乐会"彩排。文化周末少年合唱团A班团员来到台湾的东吴大学。真是很棒的学校，设备超好，拥有自己的专业演奏厅和九尺施坦威钢琴。孩子们在这里尽情放歌！台湾的垃圾处理是做得非常好的，孩子们好棒，入乡随俗，很快就学会台湾的垃圾分类！19：30，学员们在台北音乐厅看彩排，指挥是世界顶级的指挥大师，学员们现场感受到交响乐和合唱的完美结合。

8月2日，上午，学员们游览野柳地质公园。在午餐的饭店，合唱团老师让导游专门增加台湾的当地果汁，学员们觉得很好喝，每桌都能喝上几大瓶！饭店充满欢声笑语，学员们热烈"对歌"，每桌接不同的曲目，非常高兴！下午，学员们参观台北孙中山纪念馆，游览101大厦。合唱团在台北101大厦进行快闪表演，引上千人围观！整层游客安静地观赏、分享孩子们的喜悦。晚上在士林夜市，源源吃到了超好吃的卤肉饭，她说比在东莞的好呷台湾风味餐厅吃到的更好吃！

8月3日，晚上10点，从台湾回到东莞的源源跟在外地的我电话道晚安后，可能兴奋得睡不着，过15分钟，她又致电我，对着她拍的照片详细讲述他们五天的宝岛台湾之旅，描述条理而生动，加入不少自己的感受和评价，不吝使用夸张和比喻的手法，还不忘跟我互动让我猜有关景点的典故。讲述历时23分钟，逻辑清晰、声情并茂，于我而言真是妙不可言的享受！

（2014年8月4日）源源赴台湾参加"台北国际合唱音乐

节"交流活动回来的次日早上，到她的伯母家中练琴。她带了一些小手信去伯母家，还附上写着温馨祝愿的明信片！

（2014年8月6日）因为赴台湾参加"台北国际合唱音乐节"交流活动，源源中断了五天的学琴和练琴。为准备本周六的钢琴考级，源源这几天勤奋练琴，她那十分关心爱护她的伯母还亲自陪练予以指点！

（2014年8月21日）东莞本土首部原创电影长片《热带》搬上大银幕了！《热带》首映礼暨珠三角城市群首轮巡映启动仪式于今晚在市文化广场星汇电影城举行。大家一同见证莞产电影首次在电影院放映的特殊时刻。这是有我和源源一起参与拍摄的电影哦，虽然只是跑龙套！首映礼现场，源源及源爸在放映前认真阅读关于《热带》的书《用机器写诗》，里面收录了跑龙套演员源源和我的文章哟！

（2014年8月30日）8月21日起，我直接称呼源源为木兰小姐了！因为源源所在的英文音乐剧《花木兰》剧组又进行了一次角色选拔，源源从原来第一个出场的一般主角改为女一号花木兰了！感谢发现千里马的伯乐！赞美源源更刻苦地投入了比原来多很多的台词、动作、音乐的排练，怀念和源源一起观赏过的国内外音乐剧的美好时光。

（2014年9月15日）今晚，源源在源爸的陪伴下在玉兰大剧院观看音乐剧《妈妈再爱我一次》。这是我第一次不能陪伴源源去剧院，但愿这是最后一次。

（2014年10月1日）放假真好！早晨醒来，可以赖在床上看书，直到源源煎好荷包蛋、培根，把它们夹在嘉顿方包里，并精心地在方包的一面涂满草莓果酱之后，我才施施然地来到餐桌前，享用源源说的"真好吃！好吃极了！"的美味早餐。

（2014年10月1日）买到《自控力》时，源源比我还迫不及待地看了起来，她说要在这本书里学到控制自己的情绪的方法。她读到50页之后，便照着书上说的每天用10分钟时间躺在床上冥想，还说，"让我好好放松一下！"而我，因为喜欢同时看着几本书的习惯，所以读此书的进度被源源远远地抛在后头。幸好，我读书从来没有功利目的，也不祈求读了一定"有用"，更不会想着一本书能些许改变自己的人生。虽然，我也会在某个时刻，想起读过的书里的人和事，泪流满面。

（2014年10月7日）下午，源源在莞城文化周末少年合唱团A班排练时，听指导老师赖老师提到柴静上学时的一个故事，于是我们抽取我家书架上柴静的书《看见》来一起读。十岁的源源，可以像年少时的我一样读书，不局限于儿童文学。

（2014年10月15日）今天是源源的英语老师于老师的生日，源源DIY贺卡送给于老师。

（2014年10月16日）下午的班级体育测评，源源50米跑了8秒29，满分！

（2014年10月18日）源源出品私房菜。今晚源源要去合唱团排练3小时。她排练前还亲自下厨，在我做晚餐时客串了一道韭菜煎蛋，味道不错！她骄傲地说："我现在算不算一个小厨师了呢?!"

（2014年10月19日）今天，学琴将满三年的源源拥有了属于自己的钢琴。感谢源源的外婆送给她这台钢琴，感谢一直以来让她蹭琴弹的她的大姨家和大伯母家，感谢我的朋友圈里为我们买琴而不吝指点且不厌其烦地接受我这个"门外汉"的咨询、热心推荐琴行的亲友们！

（2014年10月25日）此前，源源凡是跟我观看玉兰大剧院的演出，总是指示我提早去买第5排中间位。今晚，我坐在5排中间位，观看源源和她所在的文化周末少年合唱团A班成员一起在璀璨的舞台上表演！《美好的远方》《Let it go》《高山青》和《同一首歌》，孩子们纯净的天籁之声，赖元葵老师极富激情的指挥和钢琴伴奏，让"秋之歌"生动而优美。

（2014年11月3日）看到了演出预告海报——11月22日，莞城文化周末剧场隆重推出美国版权公司授权演出迪士尼音乐剧《花木兰》（青少年版），源源饰演的女一号"花木兰"即将绚烂绽放！

（2014年11月8日）7：00，东莞微型马拉松（5公里）首跑仪式在市植物园举行（以后逢周日6：40活动），东莞微马形象大使叶纯在我们第六组！源源在昨天排练一天很累且今天早起的情况下，早早跑完全程！

（2014年11月8日）今天是源源所在学校的十周年校庆活动日。在校歌总决赛中，源源是他们班的领唱之一！

（2014年11月15日）吾家有女初长成！今天中午我潜入英语音乐剧《花木兰》剧组的排练重地，偷拍了几张源源饰演的花木兰的不带妆女装照。她修长曼妙的身姿、天籁之音般的歌唱让我惊呆了！这就是最好、没有更好！热切期待11月22至24日的三场公演！一天的排练结束后，我家慰劳"花木兰"的是她酷爱的大闸蟹！"花木兰"吃完大闸蟹后，指示我们去糖水铺。她一口气叫了大良双皮奶、椰汁香芋西米露、煎双蛋、煎饺。对十岁女孩长身体阶段的好胃口我深感佩服！

（2014年11月16日）我喜欢扫地、不喜欢拖地，源源喜欢拖地、不喜欢扫地。今天上午，我俩各得其所地密切配合了一回，家里清爽了很多！

（2014年11月22日）美国版权公司授权演出迪士尼音乐剧《花木兰》在莞城文化周末剧场震撼首演！这是纯英文版大型音乐剧、迪士尼《花木兰》（青少年版）音乐剧首次在中国内地演出，由 150 多名莞城英文实验学校学子倾情演绎，30 多位老师辛苦付出，莞英建校十年特别打造，展现全新教育理念与丰硕成果的大型专业制作。音乐剧将持续公演三场。花木兰饰演者刘源源及伙伴们的表现真棒！

（2014 年 11 月 23 日）英语音乐剧《花木兰》演出结束后，莞城英文实验学校黄校长率"花木兰"（刘源源）、"李翔将军"（张高恺）、单于（孙博韬）等几位演员接受东莞电视台记者的采访。明天《今日莞事》栏目将播出。

（2014 年 11 月 24 日）18：00，在安格斯餐厅设《花木兰》庆功宴！有源源爱吃的大份肉眼牛扒、银鳕鱼扒。源源因为不用小心呵护嗓子了，炸薯条还要了第二份！

（2014 年 11 月 25 日）"花木兰"走下舞台，回归大食妹本色，今天晚餐源源扫光一只蚬皇粥酒楼的烧春鸡！

（2014 年 11 月 25 日）木兰要见媒婆，她很不愿意！趴在地上装"死"！奶奶看穿了木兰的心思，叫她起来。木兰不愿！最后只好装头疼！但经过奶奶的说服工作！木兰终于同意了。可是，媒婆真是个怪性子！媒婆见到木兰，首先满脸笑容，然后突然变成暴力婆！木兰才不想跟这种人打交道，所以一气之下，骂了媒婆几句？媒婆气坏了，跑走了⋯⋯木兰的祖先装鬼去吓木兰！木兰经不起吓，最后迷迷糊糊地去当了兵！

——嘻嘻嘻！以上是源源根据《花木兰》的剧照乱编的故事！

（2014 年 11 月 25 日）今晚在《莞少时微电影首映礼 2014》上共看了五部微电影。以下是刘源源看完两部之后在她的微信上发的文字和图片：天灾！这个微电影的首映礼各种"缺点"！(1) 迟到！通知是 7：30 开始放映，结果八点了才开始！(2) 开始了还有一堆人上台讲话！(3) 看完一部微电影，就讲一堆话！

（2014年11月26日）《文化周末》杂志关于《花木兰》音乐剧的报道——《花木兰讲英文，是件稀奇事》。源源在该文中接受记者采访，给自己演的花木兰打8分！

　　（2014年11月27日）今天起，刚卸下"花木兰"战袍的源源参加儿童音乐剧《盛开的桃花》剧组的重新排练（接下来该剧将参加比赛）。该剧去年10月赴央视参赛的演员阵容已部分改变，源源回归，角色更新为"菲菲"！亲爱的源源，你这是打算投身演艺界的节奏吗？

　　（2014年11月30日）下午，源源和三个好朋友在华南Mall的麦鲁小城（儿童职业体验活动城）玩得很开心！源源先后体验了空姐、消防队员还有特种部队队员的角色扮演！

　　（2014年12月3日）2015年莞城少年宫春季"思维精英班"招考录取名单放榜，源源竟然榜上有名。据说这个考试很难，源源被录取了，五年级15人之一。学数学思维和编程的，也不一定去读的，看看上课时间再定。本来是想让她去考考好知道自己并不是那么厉害的，看来我的阴谋破灭了！

　　（2014年12月10日）下午，源源所在的莞城英文实验学校举办诗歌公开课《和孩子们谈诗歌》（主讲人：杨克）。今早我在车上跟源源说：你的生命中可以没有很多东西，但是不能没有诗歌。

　　（2014年12月13日）20：00，源源所在的文化周末少年合唱团A班、B班及C班在莞城文化周末剧场举行"童声集结，情暖人心——文化周末少年合唱团专场音乐会"。快乐合唱，醉人之夜！上场前源源自己化妆。

　　（2014年12月20日）点赞源源是拿奖专业户！在莞城英文实验学校五年级第一学期数学竞赛中荣获二等奖。

　　（2014年12月20日）今晚，源源洗头后心血来潮自己弄了个比较复杂的发型,她说这是古代女子LOOK!

(2014年12月21日)下午,源源等小朋友一起在水濂山脚下体验摘草莓。

(2014年12月21日)读《必读:让人终身受益的好习惯》一文,觉得源源基本上有这些好习惯,当然偶有不坚持的时候。

(2014年12月31日)虽然没空加入莞城英文实验学校田径队,源源还是交出了漂亮的成绩单!刚刚拿到两项奖:在学校第十一届体育节田径运动会400米跑比赛中荣获五年级组女子第四名,跳远比赛中荣获五年级组女子第三名。源源的2014年,丰富多彩,硕果累累。

(2014年12月31日)读《2014,您究竟错过多少文化盛宴?(莞城篇)》这篇报道,欣喜地看到这些文化盛宴中,源源亲历了三场:文化周末少年合唱团赴台湾演出,《花木兰》音乐剧演出,"诗歌在你身边"等文化活动。

(2015年1月1日)朋友的女儿坐车路过虎门大桥时说题词写得不好看,等她当了主席重新写……我说她闺女真不简单!人家说当主席就当,我记得我家源源几年前说的是"等我考上主席的时候……"

(2015年1月10日)和暖的阳光里,源源和表妹凌婧尽情玩耍,投篮、滑滑梯、捉迷藏、踩滑板车……俩姐妹藏了几次竟然让我找不到。

(2015年1月12日)今晚在玉兰大剧院举办的第四届中国·东莞音乐剧节颁奖仪式上,源源参演的少儿音乐剧《盛开的桃花》囊括优秀剧目、优秀编剧、优秀编导、优秀作曲等六项大奖!

(2015年1月18日)源源到表妹凌婧家一起复习数学备战下周五的期末考,她安排复习一小时、运动一小时,劳逸结合!

（2015年1月24日）昨天期末考试结束，今天源源在长隆欢乐世界玩了一天，坐十环过山车了！

（2015年1月25日）刚才，源源的英语老师在她的微信上评论："源源，告诉你个好消息哈！你的英语期末考试100分噢！拿了年级英语单科第一噢。"

（2015年1月29日）上周有四个晚上不安排所谓"文化活动"，专心陪源源和她的表妹凌婧一起复习备战期末考试，重点辅导数学。凌婧数学进步神速，考了98分，源源保持在100分（英语：婧99、源100，语文：婧95、源93）。与其说我"好为人师"的成就感又一次得到了满足，还不如说我无比怀念在温馨的灯光下陪她们复习的静美时光，以及在学习前或后看她们在小区球场疯玩的欢乐时光。

（2015年1月30日）今天顺利通过了美国签证面谈，一周后，源源和我将获得十年有效多次往返的美国签证！新的一年我的头一个梦想实现了：去美国旅行可以说走就走！倍儿爽！

（2015年2月1日）虽然源源去番禺看过几回长隆大马戏了，但是对来到东莞的俄罗斯皇家大马戏还是很感兴趣，看完17：25场次的电影《宝贝，对不起》后马不停蹄赶到体育馆，连晚餐都在现场解决，才赶上了19：00场次的马戏。

（2015年2月7日）源源最近几晚在小区中心广场跟认识和不认识的小朋友玩得很开心。为了避免以后有沙包的小朋友不出来，他们就没得玩丢沙包游戏，她今天上午央求我做一个沙包给她。结果是她马上去小区沙池取了一小袋沙回来，剪了一截她的旧衣服的袖子，在我指导下她自行缝好了沙包。

（2015年2月7日）源源生怕她的沙包只有一层布会漏沙，今晚在外面玩完回来便迫不及待地加缝一层布，还未经我同意把我的香水喷在沙包上，真是史上最香沙包哦！

（2015年2月8日）我时常教育孩子，用完的东西要适时归位，否则容易造成效率低下乃至不良后果，比如液体放在碍手的地方容易碰洒，等等。岂料自己也有不身体力行的时候：昨天收拾鞋柜时腾出一块搁板以便放置靴子，把搁板立在沙发旁又继续忙活别的事了。今早起来睡意蒙眬中靠近沙发时，被木板倒下砸了右脚背，看着在冰敷的脚，我想起接下来该教育自己和孩子："经验必须经过教训才会刻骨铭心。"

（2015年2月18日）日本自由行

在东京的最深印象就是日本人很有修养，公共场所没有人稍大声说话且绝大多数同行人彼此不交头接耳。地铁、餐厅等都是无比的安静，和中国人无处不在的众声喧哗差别不是一般的大。

在香港飞往东京的航班上，坐在我邻座的两名日本女士对前面隔着六排的几个人较大声说话很不满，叫来空姐说"noise, noise"，空姐马上走到前面去制止那几个人继续喧闹。我顿时肃然起敬。

札幌是作家渡边淳一的故乡，漫步大而美的中岛公园之后，可看见渡边淳一文学馆。

北纬43度的定山溪高原上的札幌国际滑雪场，离我们住的定山溪章月温泉酒店才三十分钟的bus车程，为源源在温泉酒店立此存照。

（2015年3月2日）源源的大姨要腌制咸柑橘，源源兴高采烈地做小帮手。

（2015年3月9日）今天买了新扫把，晚饭后送源源到家楼下让她把扫把带上去。等我21：40看完电影回到家，源源正在拖地，原来她已把家里打扫干净，还说已淋花了、已写好日记了，作业还有一项就等着我回来背书给我听了。为投桃报李，给她冲了杯奶茶，还得到贴心小棉袄的赞美：好喝！

（2015年3月10日）昨晚临睡前，源源问我："妈妈，您信佛吗？"我："啊？有点信吧，我最近在读一些关于佛学的书。"源源："我发觉我有点信基督教、信上帝、信神。"我："啊？你信什么神啊？"源源："……财神。"我哈哈大笑！源源哭了："妈妈，你笑话我……呜呜……"见劝慰无果，我说："源源，你是不是像前天一样装哭逗我赞你的演技好啊？"源源哭得更欢了："妈妈！你不相信我！"博得我几个拥抱之后，她才调整好情绪破涕为笑，于五分钟后熟睡。

（2015年3月16日）昨天源源买了滑板，和小区的小朋友除了丢沙包、踢足球、打羽毛球和抓人等游戏外，又增加了玩的花样，把大院文化（主要是玩耍的文化）进行到底！

（2015年3月20日）昨晚源源在小区打篮球扭伤了左脚，今天不能上学。我有几次要帮她拿东西，她却坚持自己拄着拐杖缩起左脚快速移动，还说"我现在奔腾如快马"！

（2015年3月21日）今天（星期六）早上，当拄着拐杖的源源炒好鸡蛋来叫赖床的我起来吃早餐的时候，我很感动和欣慰。日常生活的慈、悲、喜、舍，才是人生最美的体验。

（2015年3月22日）为了配合4月18日的文化周末十周年合唱剧的演出，从今天至4月18日，源源合唱团A班的排练时间为周六全天10：00—20：30。最近源源的排练任务重了，对脚伤未痊愈的源源是锻炼，更是考验。

（2015年4月4日）庆祝源源生日的晚餐前，超好玩的游戏"纪念碑谷"把源源和表妹凌婧、表弟玮博全迷住了！

(2015年4月5日) 畅游海洋王国

珠海横琴长隆海洋王国,两天无限次进园的开心之旅!

办理入住时,企鹅酒店给今天生日的源源赠送了一份生日礼物。

白鲸馆,我们幸运地在主席台就座,还被抓拍到大屏幕上亮相!

从鲸鲨馆出来,海底餐厅要等位,表姐妹俩先来了个沙艺创作。

(2015年4月17日)下午,莞城英文实验学校举办英语节游园活动。源源提着一个袋子穿梭于各个班级答题领奖品,十分快乐!

(2015年4月18日)20:00,源源所在的文化周末少年合唱团演出《月是莞乡明——创意影像合唱剧》。剧照好美!

(2015年4月19日)傍晚,源源教表妹凌婧滑滑板;饭后,她们一起洗碗。

(2015年4月26日) 农庄亲子体验日活动

南城水濂山泉记农庄亲子体验日活动,源源溜滑板来助兴!

看别人捞鱼是十分新奇的体验!

源源和表妹凌婧洗的菜真的好干净,一粒沙子也没有!

小厨师源源这次用上了大锅来炒菜!

两个家庭的大人小孩合力生火、洗菜、切肉、蒸鱼、蒸客家酿豆腐、尖椒炒滑鸡和上海青炒肉片,热火朝天,真是美味丰盛的一顿午餐!

（2015年5月8日）给妈妈的留言

4月起，我所在的两岸四季红合唱团排练密度加大，前晚起连续排练，为明晚的玉兰大剧院演出作最后冲刺。每晚排练结束回到家，女儿已熟睡。昨晚看到她给我的留言，心里温暖。留言内容：

妈妈：

妈妈！不知为什么我好想好想你！

如果你也想我，请到我的房间来看看我。如果我睡着了，请你怀着爱我的心去睡觉吧！

如果我醒着就陪陪我吧！

看完我请进来帮我把电脑充电插头拔掉！记得！

爱你的宝贝刘源源
2015.5.7　22：09

署名左边还画了一个大大的"心"，里面框着"妈妈、源源"。

（2015年5月10日）源源在十六天前为母亲节画的画，今天贴在墙上送给我。

（2015年5月10日）谢谢女儿源源送给我的母亲节礼物：书（余华的《第七天》）、鲜花、头饰、小鸟折纸。上个月源源给我做了个调查问卷，问我是不是最喜欢收到的礼物是书，最近想买哪个作家的书……然后去书店买了，今天给我变了出来！包着书的彩纸上还写着"书中自有黄金屋"。

（2015年5月10日）源源在其大姨家晚餐后洗碗。

（2015年5月15日）源源在市图书馆待了一个晚上。源源最近在图书馆借和读的书侧重于历史类。

（2015年5月28日）19：15，源源在行走在东莞大道的车上拍摄美丽晚霞。

（2015年5月31日）上午，源源参加东城体育馆举办的少儿趣味运动会，荣获"全能王"奖励（一等奖）。

（2015年6月2日）陪我来练习室内高尔夫的源源打得比我好。

（2015年7月10日）源源一如既往地以批发奖状（学习小标兵、英语之星、优秀班干部、优秀少先队员）的形式告别五年级，期末成绩（语文96.5全班最高，数学98，英语99.75全班最高）据说颇有小学霸风范。

（2015年7月11日）9：00—12：00，源源带表弟玮博一起参加曲奇diy亲子活动。

（2015年7月11日）由东莞市港澳事务局、莞城区办事处主办的"情系东莞·共筑友谊"——莞港澳青少年合唱交流活动于7月11—12日在东莞莞城举行。活动分为"合唱交流晚会"和"三地合唱论坛"。东莞文化周末少年合唱团、香港教育工作者联会黄楚标中学合唱团、澳门教业中学合唱团等三支优秀合唱团队，以及国际合唱联盟专家和三地著名合唱指挥家出席活动。

（2015年7月21日）今天出差，不能陪源源午餐，给了她30元让她去小区餐厅吃一个快餐后自行坐公交车去少年宫。她结账时给我来电，说要61元才够付餐费。好家伙，这家餐厅的招牌菜豉油鹅，源源说只点了个例牌，并没有点半只哦！

（2015年7月26日）源源带表弟玮博在市图书馆待了一个下午。

（2015年7月30日）昨天中午，源源从伯母家带回一些竹笋，下午她去小区超市买了一把葱回来，加上家里种的辣椒，炒了一碟笋带到外公家晚餐时给大家尝尝。今天中午，她做了个葱花炒蛋带去伯母家午餐时给大家尝尝。每次源源都把菜装在保温袋里带上，生怕路途让菜凉了不好吃。为爱动手且考虑周到的源源点赞！

（2015年8月1日）源源昨天下午去超市采购原料，今天精心制作的早餐：培根荷包蛋生菜沙律酱汉堡包，配卡士酸奶（家里有其他酸奶，但源源觉得搭配卡士最好）。暑假里源源爱做家务，超赞！

（2015年8月6日）源源在泳池偶遇每晚在小区广场一起踢球的小伙伴，自然打起了水仗！

（2015年8月6日）源源的外公收拾抽屉，找出源源十个月大时的几张照片，好可爱的小胖墩啊，跟现在手长脚长的她差好远。

（2015年8月8日）洗阳台是源源最爱干的家务活动，其次是洗马桶、洗淋浴间和拖地（现在变成操纵扫地机器人来扫地拖地）。

（2015年8月9日）源源带表弟玮博在市图书馆待半天。

（2015年8月10日）今早，像往常一样给源源准备今天吃的水果，不小心挂彩了（被刀割伤了手指）。感谢源源不赖床、一骨碌爬起来给我消毒和包扎。

（2015年9月28日）午餐时接到我妈妈来电，说东莞电视台正在报道源源所在的文化周末少年合唱团即将赴杭州常州巡演。

（2015年10月2日）源源发来在参加合唱团杭州常州专场音乐会闲暇时拍摄的钱塘江照片。我答应她会专程带她去看钱塘潮的，可惜尚未成行。

（2015年10月2日）在外省参加合唱团杭州常州专场音乐会演出的源源临睡前和我视频聊天几句，发来"爱你"的文字和微信表情。枕着她的爱入睡是多么幸福的事。

（2015年10月4日）在外省参加合唱团杭州常州专场音乐会演出的源源绑了个好漂亮的多辫子发型。源源说，好久没有绑过这样的头发了！虽然演出导致嗓子很累，但是总是有收获的。

（2015年10月4日）在合唱团杭州常州专场音乐会中，有三首歌《We Are The Voices》《美好的远方》和《茨冈》的领唱是源源。

（2015年10月6日）上午，源源参观侵华日军南京大屠杀遇难同胞纪念馆，比较沉重，没有合影，馆内不许拍照。源源说，这段历史是多么的残忍啊！

（2015年10月9日）上午，源源所在班级参观中国南方电网，学到很多关于电的知识，抢答环节气氛热烈。

（2015年10月14日）源源的钢琴弹奏愈发流畅优美了，让我的心感受到宁静的美好。

（2015年10月18日）源源和表弟玮博一起花了一个半小时完成了拼图作品《小公主苏菲亚》。

（2015年10月21日）下午，"哈瑟普·佩克塔什的藏书票及藏品展"在莞城美术馆开幕。源源等三十多位莞城英文学校的师生参观了展览并参与了"拼贴藏书票体验活动"。哈瑟普·佩克塔什介绍了15、16世纪的藏书票以及其他国家的艺术家作品，并示范拼贴藏书票的创作技法，让大家对藏书票有了深入的认识。

（2015年10月31日）源源给我的惊喜——用围棋的棋子拼出"我爱你"。

（2015年10月31日）秋日，源源快乐地荡秋千。

（2015年11月17日）源源双十一时买的鞋子今天到货了！40码，不是一般的脚大！

（2015年11月19日）源源所在班级在深圳世界之窗秋游一天。

（2015年11月29日）莞城少年宫家长开放日。来源源的思维精英班学数学思维和计算机编程，文科生脑洞大开！

（2015年12月8日）获悉源源在六年级数学"解决问题"知识竞赛（决赛）中荣获二等奖，我写道：参赛未能取得最佳成绩，以后注意戒骄戒躁。

（2015年12月13日）中午，源源在世博广场看见三个男子在搔首弄姿地玩自拍，脱口而出："据说现在的人的人生观都颠倒了，男生太娘，女生太强！"

（2015年12月20日）源源和几个同学创作了小品剧本《一波未平一波又起》，今天上午在源源导演的指导下排练，将于明天在学校演出。

（2015年12月21日）源源和几个同学共同创作和表演的小品《一波未平一波又起》今天上午在学校演出相当成功。

（2015年12月21日）在我们所爱的卡夫卡咖啡馆。吃过晚饭的源源除了一大杯奶茶还叫了三明治和烤鸡翅，边吃边感叹：感觉整个人生都变好了！

（2015年12月31日）两张田径赛奖状（女子800米跑第一名，女子4×100接力跑第二名）为源源的德智体美劳全面发展的2015年画上完美句号。2016继续快乐奔跑！

（2015年12月31日）"流连泳池+健身房"。运动中跨年，愿来年健康相伴幸福美满。

（2016年1月2日）源源说，作为一个吃货，吃东西不代表饿了，只是因为嘴巴寂寞了！

（2016年1月21日）亮相星海音乐厅

来过广州友谊剧院看话剧《雷雨》、中山纪念堂看群星演唱会……第一次来星海音乐厅看音乐会，来看源源所在的文化周末少年合唱团及其他演出团体的演出。

今晚,由广东省音乐家协会、广东文艺职业学院主办的"广艺华声爱心传承"合唱成果音乐会暨纪念赖广益先生作品音乐会在广州星海音乐厅举行。文化周末少年合唱团受邀参加演出。

东莞文化周末少年合唱团闪亮登场。天籁童声,星海绽放!更多的掌声给著名指挥兼钢琴伴奏赖元葵老师!

(2016年1月22日)昨夜从星海音乐厅回到东莞已是23:30,金牛花园汽配城的停车场一个门已锁、一个门的铁闸紧闭,我为取不出自己的车彷徨苦恼了15分钟(到处找保安开门,未果),在一个好心的路人(她在遛狗,似乎不怕冷着她自己和她的狗,好浪漫)提示下(说是铁闸没锁死),源源和她的一个合唱团伙伴共同推开了铁闸,顺利解决了开车回家的问题,接着去大良双皮奶解决源源的肚子饿问题。双皮奶、椰汁香芋西米露和双煎蛋——亲爱的源源,你就是这样以不断蹭蹭长高的名义把宵夜吃到早餐的吗?

(2016年1月22日)晒完奖状和成绩单(数学100分,英语98.75分,语文95.5分——三科总分全班第一)后就放假啦!认真学习,快乐行走。在寒潮里期待美国加州的阳光——十天后,开启源源美国西岸游之旅。

(2016年1月31日)钢琴考级中(考中国音乐学院钢琴六级)。最近,源源每天练琴不少于三小时,即使寒潮里手冻得厉害。学习,贵在坚持不懈、磨炼心智、挖掘潜力的过程。伴随音乐成长的源源,一路收获美好。

(2016年2月2日) 加州的阳光·美国西岸游

到达拉斯维加斯的时间是2月2日15:00,这里比中国北京时间慢16个小时，恍惚间好像穿越回前一天了。

科罗拉多大峡谷——

科罗拉多大峡谷大致呈东西走向，全长446公里，蜿蜒曲折，像一条桀骜不驯的巨蟒匍匐于凯巴布高原之上。西峡（大峡谷西段）是瓦拉派印第安保留地，在这儿不但可以领略世界奇观大峡谷的鬼斧神工，可在四千英尺高的蝙蝠岩峭壁上，瞭望北美第二长、贯穿大峡谷谷底的科罗拉多河，还可以近距离了解美洲最早的居民"瓦拉派"印第安人。在老鹰悬崖上可体验印第安各种文化，导游帮我们索得酋长签名贺卡。

坐直升机从谷顶到谷底360度无死角"探索"科罗拉多大峡谷于我而言是无比震撼的新奇体验。源源说，河水、峡谷与蓝天在太阳的映射下成了一幅幅美丽的风景画。

在悬崖餐厅上体验印第安风味午餐。肉质鲜嫩的牛肉撕成丝状，被我夹在馒头里改造成肉夹馍，土豆泥、玉米和蔬菜沙拉都十分美味。好几只乌鸦在天空盘旋或驻足游客身旁，不时发出叫声。餐厅附近的山岩美如画卷。

好莱坞环球影城——

环球影城是世界上最大的以电影及电视制作为题材的主题公园，全球最大的电影制片基地，是加州最受欢迎的主题乐园，位于洛杉矶的市区的西北面，个人认为其设计十分精妙，在这里你可以参观《绝望的主妇》等著名电影的拍摄场地，了解电影的制作过程，感受3D金刚大战、地震山洪暴发的情境体验，观看现场版紧张、激烈的海盗大战以及回顾经典影片片段等，体验好莱坞大片中的经典场景，亲身体验一下各项拍片的布景与特效。例如目睹大白鲨就在眼前从水底冲出，感受一下旧金山地铁站发生大地震的惊吓，或是大金刚把整个城市搞得翻天覆地，还见识了摩西过红海中的海水分开特技等。有趣、惊险、刺激，超级好玩！

在小黄人屋里，源源抱着可爱小黄人，久久不愿离开。

洛杉矶——

美国第二大城市洛杉矶，西班牙语意为"天使之城"。这里四季如春，气候宜人。在电影王国洛杉矶，游览星光熠熠的好莱坞星光大道、奥斯卡金像奖颁奖会场——杜比剧院、星光大道之起点——中国大剧院等，在李小龙的那颗星上踩一下，感受电影之都的无穷魅力。

圣地亚哥军港——

漫步于港口广场，在著名的"胜利之吻"雕塑前留影。港口边停靠着退役的中途岛号航空母舰（现为航空母舰博物馆）。

圣塔芭芭拉——

在圣塔芭芭拉的海滩上，孩子们玩沙，堆的不是城堡。凌婧堆一座活火山，源源堆一条"护山河"，俏俏和熙熙堆一条通往火山的路……

几个小孩子抓紧在加油站停歇10分钟的时间玩起"老鹰抓小鸡"游戏，快乐无边。

（2016年2月14日）常去的洗车店尚未节后营业，正为灰头土脸的爱车发愁，源源的五岁表弟玮博自告奋勇帮我洗车，源源也搭把手，合力把车洗得无比靓丽！

（2016年2月20日）上午，源源和表弟玮博参加莞香楼DIY汤圆亲子活动庆元宵。

（2016年3月2日）学校女子篮球队训练。我未能抓拍到源源的一记漂亮入球，被源源狠狠批评了一通。

（2016年3月4日）六年级表彰大会。源源获评德智体艺劳各方面表现突出的学生。

（2016年3月5日）市植物园里晒太阳。

（2016年3月22日）流感凶猛。源源昨天下午开始发烧，我也感冒了。

（2016年3月28日）今年春节期间在美国旅游时很想买到美国发行的猴年生肖邮票送给属猴的源源（还有8天就是源源的12岁生日了），好不容易找到一间邮局却赶上周日不营业。我那在美国定居的中学同学李一君记在心里，给我们寄来猴年邮票和纪念封，十分感谢！

（2016年3月29日）上周末，英语老师给孩子们布置了做关于寒假活动介绍的手抄报，同学们认真制作图文并茂的作品，昨天部分同学在班级分享了作品。源源开心地介绍她的美国西岸之旅。

（2016年3月30日）昨天下午，源源所在的学校女子篮球队到东城五小进行篮球友谊赛，她们赢了。感冒未彻底痊愈的源源轻伤不下火线，害我忧心不已。当然，是她自己也喜欢参赛，恨不得多参赛！只是这次流感太厉害，大人小孩都不容易好起来。

（2016年4月5日）难得今年的4月5日不是放假的日子，感谢老师和全班同学共同为源源庆祝小学阶段最后一个生日。源源小猴子十二岁生日快乐！

（2016年4月16日）也说我的育儿理念

昨晚，一个春风沉醉的夜晚。主持人叶纯、专业嘉宾邱健与我在《城市的声音》节目畅聊家庭教育话题。接了一个有意思的热线，回答了两个微信公众号提问，听众们反响很不错，感觉自己在直播室的状态越来越放松。借此机会，回忆、分享了一些我与女儿源源相处的往事与心得，被叶纯、邱健的叙述激发了不少关于家庭教育的知识积累和灵感！

我在该节目中谈到的观点概括如下：

培养对待孩子的耐心。一方面要提高自己的个人修养和情绪控制能力，另一方面要注重把自己放在与小孩相对平等的位置上，尊重小孩的个性和想法，多听听小孩的意见。与孩子沟通，多用商量的口吻，少用命令的语气。

预设的方法应该多用。孩子在外玩多长时间、每周在家看电视多少次每次多长时间、到商场不能哭闹一定要买玩具，等等，事先跟孩子约定，孩子遵守了及时肯定和鼓励。这个过程也是对孩子规则意识的培养。

没有人天生会做好妈妈，与孩子相处的能力是在不断学习和反思的过程中逐渐培养的，享受自己和孩子共同成长的过程。

（2016年4月27日）下午，源源所在的莞城英文实验学校女子篮球队49∶22胜莞城中心小学女子篮球队，取得东莞市莞城区小学校际篮球比赛（女队）的第三场胜利，以小组第一名的成员出线。黄教练说，源源今天很棒，在最关键的时候发挥出她的作用。

（2016年4月29日）下午，源源所在的莞城英文实验学校女子篮球队31∶15胜莞城阮涌小学女子篮球队，取得东莞市莞城区小学校际篮球比赛（女队）决赛的胜利，毫无悬念勇夺冠军，从而荣获东莞市2016年莞城小学生篮球比赛（女子组）冠军！

（2016年5月2日）东莞外国语学校开放日，我们去访校。

（2016年5月3日）钢琴老师带来了源源考级通过的证书（中国音乐学院钢琴六级）。七岁半时，源源自己提出学钢琴，四年半来，虽不勤奋，却也坚持，一步一个脚印。或许源源长大以后才会明白，徜徉在音乐的世界里是多么幸福的事。

（2016年5月5日）下午，2016年莞城英文实验学校"走进美国"英语节暨艺术节班级唱演赛举行。源源所在的六（6）班唱演的《As The Deer》荣获特等奖，刘源源同学获最佳领唱奖！

（2016年5月13日）艺术节晚会

莞城英文实验学校"走进美国"英语节暨艺术节闭幕晚会演员化妆现场，源源不仅自己化妆（不巧手妈妈完全派不上用场），还帮其他同学化妆，一以贯之的动手能力特别强。

为演员化妆的家长们趁机体验了一把学校食堂的用餐。源源还有两个月就小学毕业了，我是第一次应该也是最后一次体验她的学校饭堂。

晚会正式演出前的拉歌环节：一个班接一个班，一首英文歌接一首英文歌。很有拉阔音乐会、草地音乐会的感觉。

晚会第四个节目：源源所在的六（6）班唱演《As The Deer》唯美大气，领唱刘源源唱演俱佳！

演出间隙，接受东莞电视台采访，源源开心地侃侃而谈。

（2016年5月14日）源源参加东莞外国语学校初一招生综合面谈。

（2016年5月15日）传说中的"神"学院（华南师范大学附属中学广东奥林匹克学校）半日游，源源幸运地入围华附初一招生综合面谈。

（2016年5月25日）上午，源源的班主任给我发来源源的青涩照。我回忆起，这张照片里的她是在四年级上学期时学校组织去广州拓展训练，训练之余她大胆上台献歌。

（2016年5月31日）送给源源一套郑渊洁的《皮皮鲁和419宗罪：小侦探大百科》。书是最好的礼物。祝福源源儿童节快乐！

（2016年5月31日）下午，莞城英文实验学校以全体学生兴办跳蚤市场的方式欢庆儿童节。同学们从家里带来书籍、玩具及现场自制食品摆摊不亦乐乎，卖得的款项全部放入学校的红领巾基金里，帮助市内贫困学生。源源所在的六人组摊档名为"三眼怪的爱心世界"（三眼怪是源源去年日本自由行时在东京迪士尼乐园买的盛装爆米花的玩具），还设立了惠顾即可抽奖的促销规则，生意不错哦。

（2016年6月1日）传说中文武双全的源源的儿童节：上午到市人民医院总院帮忙接外婆出院；下午，同校六年级不同班的部分男、女同学在国际公馆正洲篮球中心进行"快乐篮球"赛，流汗度过；晚上，中影火山湖影城看电影。

（2016年6月7日）莞城英文实验学校篮球大课间之美。在这个学期的强化训练过程中，孩子们学会了很多篮球技能，尤其是手指转球一分钟，有的孩子甚至转得更久，还有百发百中的上篮投篮……非常棒！

（2016年6月14日）昨晚没看到西班牙入球就睡觉了。源源建议我秋天去西班牙旅行的时候最好去看一场西甲。

（2016年7月1日）小学毕业了

莞城英文实验学校2016届毕业生毕业典礼，学生代表刘源源发言。

六（6）班唱演《As The Deer》，刘源源领唱。

毕业典礼开始前，莞英女子篮球队的三名女汉子快乐合影，她们将入读同一所初中（东莞外国语学校）。

傍晚，毕业典礼结束后，源源又回到莞城英文实验学校东门，在她第一天（2010年9月1日）上小学拍照的同一个地方又拍了几张照片。好有情怀。

（2016年7月2日）源源小学毕业了！身高1.693米。找出她上小学第一天（2010年9月1日）的身高数据（1.276米）对比一下，真是长知识、长身体的六年啊！

（2016年7月4日）下午，刚毕业的同校六年级不同班的部分男、女同学在国际公馆正洲篮球中心进行"快乐篮球"赛，美好的暑假拉开帷幕。

（2016年7月5日）永冠高尔夫青少年暑假班上课。第一天练球，源源被赞动作非常标准。

（2016年7月9日）上午，源源和表弟玮博参加亲子面点班活动。源源做了八个猪仔包。

（2016年7月10日）上午，东莞外国语学校2016届初一新生家长会：《如何做好小初阶段孩子的衔接教育》。

（2016年7月11日）看了报道《平躺着夺冠，葡萄牙1∶0法国》，这个赛果跟源源赛前预测葡萄牙进一球夺冠高度吻合，源源笑说自己"神预言"！

（2016年7月14日）下午，第七届中国少年儿童合唱节开幕式暨合唱音乐会举行。源源所在的文化周末少年合唱团参加合唱节比赛环节，并作为优秀团队参加闭幕式展演。

（2016年7月28日）源源今天上课表现好，教练奖给她一个高尔夫球，她开心得不得了！我除了为她高兴，还要表扬她：因我今天到镇里出差无法接送她，她坐了四趟公交车（家—天源电脑城转车—永冠高尔夫俱乐部—外婆家午餐午睡—莞城少年宫思维精英班课程）。当然，这个暑假她不只一天这样了！

（2016年7月29日）今天上午暑假班的十个学员中，只有小王和源源去练球（逢二、四、六上午上课，其他上午自由去练球）。见我下班来接源源，小王落落大方地提出和源源比赛一局让我看看。我问他在哪儿上小学，人家说自己是国际学校的！

（2016年8月7日）源源和球友比赛时，选的模拟球场是著名的圆石滩高尔夫球场，今年春节期间，我们在美国加州旅行时曾路过，那儿风景优美。

（2016年8月15日）听说源源练习高尔夫进步很快，一号木最远距离能打到237码了，今天下午还22.6码推杆进洞。

（2016年8月17日）久经沙场（多次离家去外省市演出）的源源这次很反常，特别地想家。今天看到她泪眼婆娑地军训的照片（老师说她想妈妈了，其次是惦记着20号的高尔夫室内赛没时间练），内心无比震撼，也感到幸福。因为源源一向比较懂事，我反而担心她过于理性了。记得前几天，我们回忆起她2013年中秋国庆期间离家去北京排练、演出十八天，她还懂得安慰那些想家哭鼻子的同学，她说当时她想家时就安慰自己过两天就好了，我听了还轻骂她没心没肺不重情。这次她排山倒海地流下眼泪，我终于又一次感受到我很确信的孩子一直在经历不同的成长阶段，我需要尊重她的所有真情流露。此刻，心是如此柔软，为了彼此的思念，和爱。

（2016年8月20日）源源学球四十天，进步较大，在教练和球友的鼓励下第一次参加永冠高尔夫室内8月例赛，以99杆的成绩获得青少年组季军！

（2016年8月20日）夜色下的莞外。走在那长长的风雨连廊里，有时光飞逝如电的恍惚和惆怅，想起源源说的"如果我住校我会很想很想你"。今天下午，在国防教育基地的五天军训顺利结束，同学们回到学校适应性住校一晚，明天将进行会演等军训结营仪式。

（2016年8月21日）下午，东莞外国语学校举行2016级新生军训结营仪式。

（2016年8月25日）源源今天在家忙着准备开学要交的

PPT，外出晚饭后嚷着要去高尔夫室内练习场练球一会儿才回家。

（2016年8月31日）源源入读东莞外国语学校初一年级。新的学校继续快乐奔跑和歌唱，愿她心中有诗和远方。

（2016年9月12日）东莞外国语学校2016届迎新晚会成功举行。刘源源在英语歌曲联唱《You raise me up》《Diamonds》《Sparks fly》《Marry you》环节中独唱《Diamonds》。

（2016年10月15日）我在遥远的葡萄牙里斯本祝贺源源所在的文化周末少年合唱团玉兰大剧院专场演唱会成功举行，并为源源在某些曲目中担任领唱的良好表现点赞！

（2016年10月30日）上午，带着女儿、陪着父亲逛海博会（2016广东21世纪海上丝绸之路国际博览会），淘到马来西亚猫山王榴梿、白咖啡、土耳其橄榄油，等等。

（2016年11月4日）19：00—20：20，初一年级家长会。20：30—21：30，初一（7）班家长会，收到源源写给妈妈的一封信。

（2016年11月11日）上午，东莞外国语学校第三届体育节开幕式热闹非凡！学生、教师、家长方阵等代表国外高校、中国城市展示的各路人马缤纷集合，歌声笑声声声入耳。

（2016年11月11日）东莞外国语学校第三届体育节。下午，源源来电，说自己只获得初一年级女子组跳远第二名。可见莞外卧虎藏龙，不只学霸多，在体育和艺术方面有好几把刷子的学生不少，所以源源小学时的多项第一在莞外已然微不足道。

（2016年11月12日）20：00—22：00，"童声如梦——2016文化周末少年合唱团专场音乐会"。A班压轴曲目《修女也疯狂》，刘源源领唱霸气外露！

（2016年11月15日）激情澎湃，七班不败；斗志昂扬，七班最强！（忍不住评论一句：口号还挺押韵的。）热烈祝贺初一七班荣获东莞外国语学校第三届校运会初一级团体总分第一名！班级文体委员刘源源弱弱地贡献了三个奖项，昨天早上在学校升旗仪式后代表班级捧回了大奖杯。

（2016年11月17日）跟我走吧，天亮就出发（摘自《快乐老家》歌词）。我一个月前（10月17日）从葡萄牙里斯本飞抵白云机场。源源知道我今天又要坐飞机，说：您今年飞得是不是有点多啊?! 我答：好吧，接下来的出行考虑以高铁为主。

（2016年11月27日）走路去小区附近的十三碗食街午餐，源源踩着滑板在风中飞翔。

（2016年12月10日）上午，测视力、散瞳、验光、配眼镜，源源正式成为眼镜一族。联想到我是29岁那年才配了轻度近视眼镜，如果不用电脑工作估计就不会近视了，即使天天看书。终于找到一样源源不比我强的项目，却高兴不起来的。

（2016年12月10日）音乐剧《人鬼情未了》在东莞的八场演出中，源源和我看了两场。9月10日开票当天早起排队买最好位置的票。如果不是因为源源周日至周四要上晚自习，那是一定要看三场以上的。最近源源天天在听和唱《人鬼情未了》的几首歌……感受美好事物，就是简单的幸福。

（2016年12月16日）走进莞外艺术节晚会，遇见最美的源源——刘源源跟三位老师一起领唱《明天会更好》。源源先在台下唱、再穿过观众席上台唱的设计别出心裁，一袭红裙十分美艳动人！

（2016年12月29日）《Let It Go》是源源将在今晚的班级元旦晚会上演唱的歌曲。我们一起看《冰雪奇缘》的电影不少于三次了，每次听源源唱《Let It Go》我都倍感恍惚，感觉她不像我十二岁的女儿，她对歌曲的理解和演绎绝对超越了她的年龄。

（2016年12月29日）源源的班级元旦晚会，歌舞、相声、交换礼物、大食会……欢声笑语洒满教室！2017，爱你！一起！

（2016年12月30日）收到远在西安的源源的忘年交——铛铛小朋友（去年在柬埔寨旅程中认识时铛铛才6岁，源源11岁）的妈妈赶在元旦前寄来的特产和问候，感动、感恩！源源迫不及待地尝尝好吃的柿饼。源源这学期的历史书里有古都咸阳，每读到这里，我们就回忆起去年8月底我们在长沙临时改变行程坐高铁去咸阳找铛铛玩。2016，留下了太多美好！

（2016年12月31日）上午，科技馆好好玩！十二岁的高妹源源（身高1.71米）被其他小孩称作"阿姨"，气坏了！哈哈哈哈哈哈！

（2017年1月2日）听源源背文言文。背诸葛亮的《诫子书》引起强烈共鸣，抄了两遍，权当共勉。

（2017年1月4日）听源源说，学校饭堂的灭火器上写着的"灭火器"三字因掉色成了"灭人器"！哈哈哈哈哈哈……今晚说什么话题都扯到"灭人器"上，因此笑个不停！

（2017年1月8日）在午餐时竟然和源源讨论起"向死而生"的话题。午餐总是不像晚餐懂得节制点菜，吃到最后真的很撑，我只好来一句"饱死好过赖活"。

（2017年1月8日）给点洪水就泛滥，给点阳光就灿烂——有感于某少女穿过窄窄的玻璃门开口还不停下踩滑板。然后源源说，我就是要放浪一下……

（2017年1月8日）莞艺春晓——东莞市文化馆2017年音乐舞蹈季新春合唱音乐会。文化周末少年合唱团的天籁童声，真美。

（2017年1月11日）感谢亲人发来源源七岁时（2011年7月）初学网球的照片。

（2017年1月13日）期末考试前浪一浪

刘源源在期末考试中考出了东莞外国语学校初一年级总分第一的好成绩。这超出了她的预期：一是考试前她希望跻身年级前二十名就行了，因为会有奖学金，小财迷比较喜欢钱；二是因为她考试前几天在家的晚上及周末都是不埋头学习的，我们都很有默契地称之为"是要浪一浪的"，她也深知"浪一浪"的后果不会太喜人。

"浪一浪"的内容还是蛮广泛的：比如，跟本校的同学、小学时的同学在QQ上痛快地聊天；又比如，1月8日（周日）16：00—21：00全部贡献给合唱团彩排和演出了；1月11日上午是期末考试的最后一科考试，女汉子竟然精心梳了一个娇媚的发型才去上学（平时都是胡乱扎个马尾就出门），等等。

以下是重点：能容许孩子考试前在家的时间都用来"浪一浪"的妈是不可多得的！这个妈有时还助纣为虐地建议要不要去看一场电影或者音乐会或者话剧。这个妈在孩子初一第一次段考年级第70名第二次段考年级第25名时热烈表扬了孩子的进步但是告诉她排名不是妈妈最看重的你一定要学会享受掌握了知识的乐趣。这个妈告诉孩子你要低头看书也要抬头看星空，妈妈最喜欢你叙述你对事物的观察与见解甚至疑问。这个妈自己在小学三年级起就读《红楼梦》、狄更斯、毛姆，但对孩子很少读名著却最喜欢抱着郑渊洁的皮皮鲁系列反反复复地看只是付诸一笑，并不打算强迫她饱读诗书。这个妈深切体会到了青春期的孩子的异常叛逆愿意做出必要的让步和妥协。这个妈此刻想起了高晓松的妈，不管眼前的苟且以及远方和诗，孩子——世界很美只因有独特的你。

（2017年1月16日）源源跟外公外婆、表妹凌婧等人一起晚餐。当外婆看看凌婧光洁的脸蛋,又看着源源鼻子两旁的几颗小疙瘩问:"你脸上长了什么?"我以为她会答"青春痘",谁知道她竟然淡定回答:"学霸痘!"顿时明白俺家大言不惭的本领已呈几何级数增长。当我强烈要求为"学霸痘"立此存照时,被人家严词拒绝了。

(2017年1月19日)昨晚,源源所在的文化周末少年合唱团在2017年度格力电器(东莞)迎春晚会上献唱两首歌。听说东莞当红歌手曾敏杰也同台演出。关键词:见到董小姐了。

(2017年1月19日)小家伙趁我不在家,携了我的风衣和衬衣来穿,走路、坐公交,华丽丽招摇过市。有点恍惚,她不像是小孩子了。

(2017年1月19日)听源源在期末考试前后每天都要在全民K歌上录歌,她亲自边弹钢琴边唱。源源唱得真心好,忍不住分享。感觉星探要找来了!

(2017年1月21日)昨晚临睡前源源紧握我的手给了我一个长长的拥抱,说我是世界上最坚强的人。有些往事在风中窸窣作响。

(2017年1月23日)重读《道路通向城市:转型中国的法治》
喜欢苏力,法学之外,文学之美。
带着一些疑问、有目的地去重读一些书。
本来想首先重读费孝通的《乡土中国》的,可是找遍了书柜都找不着了,也不记得是否借给别人了。
痛恨自己拼命买书拼命读书却好久都疏于整理书柜了,所谓懒癌患者,已病入膏肓。源源开出的药方是:赶快去租个小房子住吧,这样就不会因为家里房间多就这里放一堆那里放一堆了。

主意不错！可是我已懒到哪儿都不想去了，只想抱着书，一直看。

（2017年1月24日）今天13：00—18：00，源源参加志愿者活动，在南城花市B171档位的志愿者爱心义卖站卖花、花盆、风车，等等。再问，人家说啥都卖，还来来回回走了方圆两公里叫卖。明天上午继续。寒假过得蛮有意义的。

（2017年1月25日）想学源源读英文原著

我住的小区，有一点特别可爱：市图书馆的流动图书车在每个月的第三周的周六准时进驻。

停驻时间为16：30—19：30。图书车就停在我家对面那栋楼的路边，在好几个窗户望出去都能看到。忍不住就下楼、上车、翻书。

周六午后，在图书车里呆三个小时必定是好的享受。目送车离开，也是没有丝毫关于黄昏的惆怅的。

每周两个晚上去图书馆待两个小时，家里已有的书读也读不完，还有那么多需要一再重读的书，加上偶尔竟然有朋友赠书，其实很长一段时间内实在不必买书了。何况春节临近，大扫除时必定要跟很多旧物断舍离。而书，往往是不舍得扔的。

可是，前天又在当当网上买了九本。当当是隔三岔五就搞满减促销活动的，我在买书这方面都是经不起促销诱惑的。因为，想看的书也实在太多了。

这回的九本，竟然有三本是英文版原著。虽然是下决心有目的地尝试着跟着源源去读一些英文书，但是此前是断断不敢想自己是可以去读英文书的。感觉内心里的N个小宇宙爆发了，在空气中噼啪作响。

看到《Jane Eyre》时，猛然想起自己是有两本中文版的《简·爱》的，另外，还有两本福克纳的《喧哗与骚动》。年轻时是多么爱此书吗？需要买两次。

一本书多配了一本的好处，大抵是可以客厅放一本、书房放一本，想看时唾手可得，正如那个脖子上挂了大饼的懒婆娘，低头就能吃到大饼。

（2017年1月25日）源源给我的评价

年廿八了。

平时免费洗车的车行不再接待洗车了，虽然可以随时去他们家的私人影院看电影。

单位附近不免费、且已涨价的洗车店排着长长的车龙，估计排到除夕也是轮不到位次的。

幸好，有小小洗车工——将满七岁的外甥仔玮博，在洗了他们家的三台车之后，还是那么热情洋溢地欢迎我的车让他洗。

翻了一下微信朋友圈，玮博上次帮我洗车，是去年的情人节。

擦车时，玮博发现我的车头盖那里有一个被石子砸出来的小凹痕，又开始唠叨我该换车了。我说我喜欢跑车，还要开篷的，配上皮夹克特别拉风！玮博说您不像拉风的人啊。

外表温柔，内心狂野——2015年8月底在湖南长沙的岳麓书院，走着聊着，源源给我的评价。不是表扬，也不是批判，趋于中性。

（2017年1月25日）花市义卖

昨天和今天，源源参加爱心志愿者协会迎春花市义卖活动，在南城花市B171档位的志愿者爱心义卖站卖花、花盆、风车，等等。

一个新鲜的经历，就像以前去和自闭症儿童一起玩一样有意义，不像以前很多次只是拿钱去捐助。这个寒假因此过得更有意义。

当然，单纯捐款并不是不好。我们是坚持参加慈善机构的月月捐的。但是对于孩子而言，通过一些具体的实践去做公益也许更好。

孩子，请一定谨记：一个人在行善的时候最美，因为付出最快乐，这种快乐必定滋养心灵，让人自带光环。

（2017 年 1 月 26 日）还是期待旅行

今天还在上班的人不断在这个群那个群刷存在感，听得最多的就是"只有基层的优秀人才还需要站岗上班"。好吧，我也对号入座一次优秀人才哦。

好笑的是：有一个朋友昨天发在办公室喝茶的照片配文字："今年最后一泡茶，站好最后一班岗。"又解释了一下："意思是明天不喝茶了，改喝白开水。"今天再发在办公室喝茶的照片配文字"我食言了，这才是今年最后一壶茶，再见，（农历）2016。"

这两天我在办公室都是喝白开水。茶，留待来年再喝。

股市有点给力，刚刚报收了红盘。想起几天前听一个朋友亲口说他在前年的疯狂中用了杠杆损失惨重，我祝福他在新的一年里重新创业成功。

其实不必一定还在上班的。搁往年早就在异国他乡撒野，只是今年春节竟然没安排远游。"父母在，不远游"，因为父母不回湛江家乡过年，我觉得我应该在东莞陪他们。还有，源源说坐腻了飞机，短期内不让我安排要坐飞机的旅行。

只是，我还有点不死心。两天前从单位借了我的护照和港澳通行证出来，拿在手上，还在期待一场说走就走的旅行。借护照时要填旅行目的地，可是我真的没有目的地。只要是免签的，或者可以办落地签的国家,加上美国(已有十年多次签证)都是我的目的地。我和他们,只是隔着一张飞机票的距离。

2017,期待一场说走就走的旅行。一场又一场,更好。

(2017年1月28日)听源源在全民K歌上录唱的《小幸运》,有点小感动。

(2017年1月29日)老成的源源

年初二的深夜,在我们居住的小区地下车库遇到江领导,源源叫"江叔叔好",他竟然问源源:"你还没有结婚吧,那要派利是给你呀!"(东莞的习俗是年初一至元宵节未婚的都可以向已婚的逗利是。)源源说:"我才十二岁!"我快要笑晕过去了。

他派了利是给源源,和我们一起乘电梯上楼,还继续问源源:"你是不是读高中了?"源源说:"读初一。"他笑说:"你比你妈妈高那么多呀!"

回到家,源源说:"都是这个近视眼镜害的,让我看起来老了十岁!"

想起我们搬进这个小区那年(2004年8月),源源才四个月大。江领导一家算是看着源源长大的,记得隔一段时间跟他太太一起乘电梯时,他太太总是对源源笑说:哇哇哇,你长这么大了!刚搬进来时是坐婴儿车的!

我找出几张老照片,感受一下,流年似水。

(2017年2月1日)睡前听源源在全民K歌上录唱的英文歌《One and Only》。她刚学唱的,的确不是那么熟。

(2017年2月2日)源源在广州金沙洲大桥留个影。我觉得其中一张帅爆了。

(2017年2月12日)开学季。源源发烧了,但是因为寒假一个月没回校,说很想上学。下午回校、英语测验,晚自习时间请假回家,敷着冰袋做语文和数学测验卷。

(2017年2月12日)读《当我们在谈"养儿一百岁,长忧九十九"时,应该"忧"些什么》,我觉得自己的教育理念还是蛮先进的,没有文中所鞭挞的腐朽观念。

(2017年2月16日)读《扎克伯格发了一组漫画,深深戳中了中国式父母的痛点》,我霸气地宣布,我一直都不是中国式父母。

(2017年2月16日)杨丽萍领衔的舞剧《孔雀之冬》明天开票。绝对不能错过!明天去抢购。最高票价680元了,竟然突破玉兰大剧院以往的最高票价480元了。源源每次都指示我买5排1、2号,而我每次都遵从。

(2017年2月18日)源源包饺子的技巧越来越娴熟。

(2017年2月19日)寒假中断了高尔夫球室内练习场练球,重拾。

(2017年2月19日)参加巴西烤肉大食会,源源重逢她的幼儿园老师。2007—2010年,源源的幼儿园岁月,那个独立、懂事、活泼可爱的源源,尹老师说起来满满都是赞。

(2017年3月15日)祝贺!刘源源在东莞外国语学校"歌手"大赛的复赛环节中以初中部第一名的好成绩杀进了学校决赛。决赛,也许要挑战超高难度的Adele的《Someone Like You》了。继续祝福。

(2017年3月17日)考进全英戏剧班

热烈祝贺!刘源源和表妹凌婧等十五位同学在东莞外国语学校海选面试中成功突围、进入"全英戏剧"课程班学习。

莞外高手林立，有着较为丰富表演经验的刘源源竟然差点就不敢去参加选拔。3月9日下午选拔，她分别于上午和中午从学校给我打来两次电话都说不去参选了。

至于如何把她说服，顺便回忆一下与她的相处之道，我要写一篇短文说说。

（2017年3月19日）听源源在全民K歌上录唱的《如果没有你》。跟周日早上的赖床很配。

（2017年3月19日）美食节

下午，东莞外国语学校举办第三届文化节之"食在莞外，爱在莞外"美食节暨爱心义卖活动。

源源的初一（7）班的店名是"舌尖上的007"。

源源变身卖雪糕的女孩，生意兴隆。

外国小男孩（中意混血儿）也来凑热闹。

人品爆发啊，我买了两碗白云凤爪，老板娘竟然给我"买二送一"。

（2017年3月23日）傍晚，源源从学校打来电话，开心地告知我，她在段考1的体育项目中800米跑测试跑出了3分零3秒的好成绩，比上学期期末考试的800米跑测试快了16秒。她让我一定要夸夸她。我在电话里狠狠地夸了她几下。听说，在朋友圈里"晒美食、晒娃和晒自拍"是最讨人嫌的。前两项我暂时还是戒不了。

（2017年3月26日）明天、后天就要段考1了，源源又开启考试前在全民K歌上疯狂录歌模式。

（2017年4月5日）生日快乐

今天是源源的13周岁生日，生日快乐！

预祝明天的学校"歌手"大赛总决赛中，源源取得好成绩。

今天翻看旧照片时，找到了源源参加我的法律硕士学位颁发仪式时在中山大学的留影，还看到了那时和教授们、同学们的大合照。加上最近在微信朋友圈中读到任强教授的美文，重读了刘星教授的著作《西窗法雨》，看到周林彬教授偶尔在微信群上发大红包……于是便怀念起读书时的美好时光，于是再找间大学读书的念想便愈发强烈起来。

（2017年4月6日）谈论事件

今天晚上7：00，源源将参加学校"歌手"大赛总决赛，她的参赛曲目是邓紫棋版《存在》。

最近比较忙的我今晚不能到现场为源源加油，深深祝福。

找出源源一个月前录唱的《存在》听了几遍。录得不算好，源源在舞台上会迥异于平常的表现，相信今晚会唱得好些。多少次，看到源源在大舞台上发光，且灿烂炫目。相信今次也不例外。

《存在》并不是最能表现源源在唱歌方面的综合素质的，且比较沉重。可是，我坚持尊重孩子的选择。

谁在常常想起九十年代？谁在想起"魔岩三杰"的何勇，想起他声嘶力竭、声嘶力竭地唱：我们生活的世界，就像一个垃圾场。

我知道。这个时代，不再需要摇滚了。

（2017年4月6日）今天晚上7：00，源源将参加学校"歌手"大赛总决赛。部分选手将演唱开场曲（联唱《最初的梦想》+《奔跑》+《我的未来不是梦》）。源源虽然只唱几句，练唱时倒是整首都练——为认真的孩子点赞。

（2017年4月6日）祝贺！刘源源在东莞外国语学校第一届"最美的青春——声乐专场"比赛中荣获银奖！金奖两人，银奖三人。以上五人中除了源源是初一学生，其他四人均为高中生。然而，身高，似乎源源最高！

（2017年4月11日）重读《黄金时代》《沉默的大多数》，这两本王小波的书竟然是女儿源源买给我的。买书的日期（2014年8月29日），也是想不到。

（2017年4月16日）地理作业

源源做地理作业，选取了"世界十大最美日落地"为主题制作PPT。其中印尼巴厘岛的海神庙和柬埔寨的暹粒是源源去过的，把自己的照片放上PPT作业，真的很酷。

源源小时候很喜欢游泳。2010年从巴厘岛回来不久，六岁的源源接受《文化周末》杂志采访，说自己的课余生活就是：天热的时候天天在东莞游泳，天冷的时候去热的地方游泳。

（2017年4月27日）源源今天在学校登台演唱《Flashlight》（原唱：Jessie J），快成专业演员了。

（2017年5月9日）昨晚边泡脚边看书时听到源源的钢琴声响起，放下书本认真地听她弹琴，心里洋溢着幸福的感觉。最近都是各有各忙。她专注地弹琴、我专心地听的记忆竟然有点久远了。重拾，满满都是美好。

（2018年6月21日）自我调侃

源源昨天上午小中考（生物、地理）结束了，听说自我感觉良好。

根据我这两年的观察，觉得她有好几科的学习存在以下问题：基础知识掌握得不够扎实，知识点转化为解决实际问题的能力不够强，时政类考题挂钩已学知识的灵活性较欠缺。

基于以上对源源的评价，她一边不服气一边尝试努力改变。昨晚找我谈心时自我调侃了一把，最后一句是亮点！

刘源源的2018年6月20日自我调侃：我的脑子就像肾小球那样，像大分子蛋白质那样的大概知识会被拦截住，在脑子里面成像，但也总会有一些像小分子蛋白质和葡萄糖那样的细节性知识会漏过去。然后我妈就经常打击我这点，说我哪哪掌握得不好。怪我脑子长出了肾的作用咯！

(2018年7月31日) 琉森湖泛舟

琉森湖位于瑞士中部，是瑞士的第四大湖，也是完全位于瑞士境内的第一大湖。

湖岸线蜿蜒曲折，连接琉森城和周边的山峰。很多湖岸线是耸起达海拔1500米的峭壁和山峰。

如水晶般莹澈炫目的湖水、阿尔卑斯山与中世纪的建筑互相映衬，如诗如画的美景令人倾倒。

罗伊斯河从城市中间流过，卡佩尔花桥（廊桥）静静伫立。

在湖上泛舟时近距离看天鹅、鸳鸯游弋，宁静祥和的气氛蔓延开来，是何等的惬意美好。

源源对着蓝天白云和美丽的湖水大声唱歌。

她边开船边飙了几首高音，她不开船时正儿八经地唱《I heart u》。

(2018年12月23日) 东莞外国语学校初三年级心理健康家

庭教育讲座。第二次听郝东老师的讲座，郝东老师跟五年前一样专业、风趣、指导性强。

（2019年3月9日）紧张的排练

源源今天上午8：00—12：40上课，一下课马上赶去合唱团排练（排练时间是下午1：00至晚上9：00）。

预祝源源所在的文化周末少年合唱团于3月16日20：00在星海音乐厅的演出——"童声飞扬"音乐会圆满成功！

今天源源的午餐是比萨，是在车上花了20分钟解决的。吃着吃着，她跟我说今晚排练结束后要看21：30之后场次的电影，让我要提前买好票。这个还有103天就要中考的孩子，淡定得很哪。

晚上7：00，源源在排练间隙时来电，说自己没吃晚餐（在合唱团统一订餐了，不知哪儿出了错，漏缺了自己的那份外卖），但是不影响她继续排练，让我接她去看电影前打包一点东西让她填填肚子。

她的大姨（我的大妹）用烤箱做了新奥尔良烤翅和黄油玉米让我带给她。感恩。

（2019年3月14日）19：00—20：30，东莞外国语学校举办，家长课堂（初中）——美国家庭教育经验分享与探讨。主讲人：Greg、Bethanne等四位老师。

（2019年3月16日）今天上午，"最好的青春，最美的梦想"——东莞外国语学校2019年青春礼隆重举行！刘源源等六位初三学生在舞台上高歌一曲《我相信》。相信希望，明天精彩万分。

（2019年3月16日）童声飞扬在星海

星海音乐厅，童声飞扬——东莞文化周末少年合唱团音乐会。

源源在压轴歌曲《修女也疯狂》中有一段领唱。

演出结束后，合唱团指挥兼钢琴伴奏赖元葵老师让源源单独出来谢幕，并将收到的鲜花转赠源源。源源好开心！

（2019年3月24日）15：30—17：00，东莞外国语学校举办家长学校课程之专家讲座：家庭教育就是生命教育——"家庭教育第一定律：奶蜜盐"主题家庭教育讲座。主讲人：张文质。

（2019年3月30日）源源和表妹凌婧晚餐后洗碗，一边听着喜欢的欧美流行音乐，一边议论着、哼唱着。厨房里洋溢着浓浓的欢乐气氛。

（2019年3月31日）源源初中阶段的倒数第二次家长会。中考倒计时80天，加油！

（2019年4月13日）中考志愿填报指导讲座。

（2019年4月14日）广东实验中学AP国际部校园开放日——省实AP宣讲会。

（2019年5月12日）"百年名校·魅力莞中"校园开放日活动：来莞中，遇见更好的自己。

（2019年5月19日）2019华附国际部招生说明会暨优秀学生家长分享会举行。

（2019年5月24日）东莞外国语学校家庭教育讲座。主题：如何做智慧的家长；主讲人：刘丽萍（中国心理危机干预会理事、中国家长网家庭教育心理专家、中国关心下一代工作委员会家长教育学院前副院长）。

（2019年6月23日）广州天河区西西弗书店打卡。买了一本东野圭吾的《秘密》给源源。自从几个月前，源源向其表妹借了《放学后》（东野圭吾成名作）来读，便开始迷恋东野圭吾的作品，她放言这个暑假要多读几本。

（2019年6月30日）下午，东莞中考成绩揭晓。祝贺女儿刘源源取得740分的好成绩（满分是780分）。东莞外国语学校老师说：我们从来都不唯分数，而是重视包括学业成绩在内的综合素质全发展。感恩源源初中三年在莞外的茁壮成长。

（2019年7月4日）告别初中

源源所在的莞外初三7班的初中毕业证和纪念班徽领取仪式，被班主任蔡伟老师信守承诺地安排在了星巴克。

蔡老师请同学们饮咖啡。美好的回忆如绵长的馨香在心中永驻。

天道酬勤，7班必胜！感恩蔡老师引领孩子们坚持运动、热爱阅读，即使在功课很紧的初三阶段。

好习惯让孩子们终身受益。

时光不老，我们不散。

（2019年7月8日）学习进步

亲爱的自己，生日快乐。

衷心感谢亲人和朋友们发来的红包和祝福。

今天是一个美好的日子。东莞中考公布录取结果，女儿刘源源考上了心仪的高中：东莞中学。

活到老学到老。我给自己送了一份学习大礼包——英孚三十个月"线下+线上"英语培训课程。愿自己不再懒惰，在苦学英语的路上努力和坚持。

生日快乐，学习进步！

(2019 年 7 月 14 日) Reflection

近日，真人版电影《花木兰》预告片一出引发了社交媒体的广泛关注。读到相关报道，不由自主地回忆起源源十岁时主演迪士尼授权演出的英语音乐剧《花木兰》真人版的美好。

很多次，听在剧中饰演花木兰的源源唱《花木兰》中最经典的那首《Reflection》，不自觉地泪流满面。

也许是因为，那时十岁的源源，竟然可以在表演和演唱等方面将花木兰演绎得那么大气、厚重。

(2019 年 7 月 20 日) 草坪音乐会

源源等少男少女在天地之间唱歌的感觉真好，特别是小雨中的天籁童声。

文化周末少年合唱团音乐会于今天 16：30—17：30，在东莞市中心广场西草坪（会展中心星巴克附近绿地）举行。

草坪音乐会，合唱，独唱，小组唱，微风吹拂着美妙的旋律。

艺术点亮生活。

城市因为音乐而美好。

（2019 年 7 月 21 日）上午我一直在 EF 上课。中午 12：10 回到家就能吃上源源做的香喷喷的饭菜：红烧鸡翼和土豆焖香菇。后一道菜还放了一个八角和一片香叶调味，很不错哦。

（2019 年 8 月 3 日）源源和表弟玮博、表妹玮芊到兴业银行学当"理财师"。

（2019 年 8 月 10 日）黄旗郊野公园绿道、虎英湖骑行。源源是阳光下的单车少女。

（2019年8月14日）黄果树瀑布

第二次到访黄果树瀑布。两次之间，我是在加拿大（2017年10月）观赏过世界第一大瀑布——尼亚加拉大瀑布的晴景、雨景和夜景的。

因为源源是第一次游贵州，所以必游黄果树大瀑布。尽管暑假的国内著名景点，除了人山就是人海。

今天的黄果树瀑布，水势浩大。

瀑布后有一长达134米的水帘洞拦腰横穿瀑布而过，由六个洞窗、五个洞厅、三股洞泉和六个通道所组成。从水帘洞内观看大瀑布，令人惊心动魄。这样壮观的瀑布下的水帘洞，在世界各地瀑布中也是罕见的。

在源源的好奇心驱使下，我们花了一个小时排队过水帘洞。并惊喜地在大瀑布下的犀牛潭看到了彩虹！

（2019年8月17日）探访草海

贵州草海国家级自然保护区是威宁最出名、最具特色的风景。

草海海拔约为2200米，是贵州最大的天然淡水湖，有五个杭州西湖那么大。

正如它的名字一样，水底长满了水草，但是却并不影响水的清澈。

我们没遇上草海观鸟的最好季节。听说每年冬天，成千上万只黑颈鹤和斑头雁等珍禽异鸟飞来这里越冬，场面十分壮观。

我们开车到白家咀码头，上观海亭看草海。

（2019年9月28日）晚上，"我和我的祖国——莞城庆祝中华人民共和国成立70周年大型合唱音乐会"在文化周末剧场隆重上演，为中华人民共和国成立70周年献上深情赞歌。源源所在的文化周末少年合唱团参加了演出。

（2019年10月1日）20：00，广州星海音乐厅，童心礼赞，奋进扬帆——广州市黄埔区青少年宫35周年庆典小风帆合唱团音乐会。源源等文化周末少年合唱团A班的部分成员参演该场音乐会。

（2019年12月15日）在今天举行的东莞中学第三十届艺术节校园歌手大赛中，马静坛、刘源源、伍迅瑶、张靖、王琛组成的117团队完美演绎《For The First Time In Forever》，荣获冠军团队奖。随后，马静坛、刘源源组成的无厘头组合晋级个人赛决赛，狂飙高音演绎风格独特的《Bang Bang》，力压群雄拿下冠军奖杯。

（2020年1月5日）莞城学易优的侯老师说：这是这次期末冲刺卷的作文，咱班源源同学得了23分（满分25分），大家可以欣赏学习下哈！

（2020年1月20日）米兰

意大利自由行之到访米兰。

在斯福尔扎城堡里，有一幅米兰14世纪时的城市地图，是以斯福尔扎城堡门前的大街为中轴线展开的米兰城，城市中心就是米兰大教堂所在地。

我们参观完斯福尔扎城堡后，走在城堡门前的大街及通向米兰大教堂的路上，能感受到当年城市建设依然不变的框架，古老的建筑依然散发着拙朴的美丽。

（2020年1月21日）威尼斯

意大利自由行之到访威尼斯。

1月21日11：35（北京时间1月21日18：35，北京时间与意大利当地时间有 7 个小时的时差），火车从米兰中央火车站出发，于 14：03 抵达威尼斯主火车站 Santa Lucia。

提前预约了火车座位（不预约也可以，有空位即可坐），竟然是本节车厢里唯一带有小桌板的两排座位，源源开心地拿出作业一路写，完全无视旁边几位外国帅哥。

在火车上能看到远处阿尔卑斯山的积雪。

威尼斯有内陆与海岛两个火车站，分别是威尼斯 Mestre 与威尼斯 Santa Lucia。在 Mestre 到 Santa Lucia 之间会过一片海，火车在海上走是非常新奇的体验。在火车抵达终点站前，我们看到水上突然出现一大片建筑物的时候，真的很震撼。

Santa Lucia 是威尼斯主岛火车站，位于运河岸边，火车站前广场的石桥对面就是一座教堂。

威尼斯主岛暴走三小时，目之所及都是美丽的桥和流水。

（2020 年 1 月 23 日）佛罗伦萨到比萨只有慢火车（时速约 60 公里）。当地时间 1 月 23 日 15：28，从佛罗伦萨坐火车，一小时后到达比萨。疯狂打卡比萨斜塔。

（2020 年 1 月 26 日）当地时间 1 月 26 日 18：00，我们在罗马奥林匹克体育场观看意甲第 20 轮比赛：罗马 VS 拉齐奥。罗马奥林匹克体育场是意大利罗马市最主要的体育场，也是意甲球会罗马的主场球场，也借给拉齐奥用。

（2020 年 1 月 26 日）当地时间 1 月 26 日 13：30（北京时间 1 月 26 日 20：30），源源与 2016 年春节期间在美国加州旅行时认识的深圳的小朋友熙熙重逢在异（意）国他乡——古罗马斗兽场和君士坦丁凯旋门。源源比熙熙大八岁，是特别能玩在一起的好朋友。这次见面，好开心！

（2020 年 1 月 28 日）在排队等候进古罗马广场（遗址）里面

参观的时候，源源抓紧时间写作业，背景是古罗马斗兽场。

（2020年2月29日）是日，源源自制晚餐：香煎西班牙伊比利亚黑毛猪扒+电饭煲焗鲍汁鸡脚+清炒苦麦菜。源源虽然是第一次煎猪扒，但火候掌握得很好。

（2020年4月24日）热烈祝贺源源的配音作品《后妈茶话会》在东莞中学高一（3）班和（4）班配音比赛中获得冠军。

（2020年7月26日）告别高一

东莞中学高一（4）班五十名同学的高一生活已经远去，高二新学期，孩子们将按选科分在不同班级。祝大家在新的班级里以梦为马，不负韶华。分班快乐，未来可期！

结业分班典礼上，莞中歌唱大赛冠军得主马静坛和刘源源再度携手完美演绎英语配音作品《花木兰》选段！

小品环节，有同学调侃源源即将离开莞中到华附国际部插班入读高二是放弃了北大清华。

（2020年8月5日）感谢源源

人生第二次拔牙。今天上午拔掉了六年前就该拔掉的右边的一颗（也是最后一颗）智齿。

感觉上，此前残存的不断贬损的智慧，到此便消失殆尽了。剩下的就是愚，愚，愚。

继续感谢女儿源源的陪伴和鼓励。我这个慢性咽炎患者总是过度敏感于牙医对口腔的任何治疗操作，今天却安安静静地无比放松地让医生洁牙、补牙、拔牙约两小时。源源竟然讶异于我没有鬼哭狼嚎及恶心反胃。

对于经常假装多愁善感的一枚文艺女青年而言，身体的变化，往往是命运的隐喻。

也许,那些依稀掠过的不安、慌乱和内心荒凉,可以霎时远离了。温暖、宁静才是时光流逝后该有的模样。

(2020年8月12日)忆琉森湖

今天看到朋友旅途中发来的有山有水有古桥的照片,勾起了我在2018年7月31日同源源在瑞士琉森湖泛舟的回忆,那是何等的惬意美好。

顺便忏悔一下,有太多游记没写。

千湖之国瑞士,无论是湖水、河水、雪水,都是晶莹剔透,泛蓝透绿,清爽宜人。

琉森湖位于瑞士中部,是瑞士的第四大湖,也是完全位于瑞士境内的第一大湖。湖岸线蜿蜒曲折,连接琉森城和周边的山峰,很多湖岸线是耸起达海拔1500米的峭壁和山峰。如水晶般莹澈炫目的湖水、阿尔卑斯山与中世纪的建筑互相映衬,如诗如画的美景令人倾倒。

罗伊斯河从城市中间流过,卡佩尔花桥(廊桥)和八角形水塔静静屹立。

在湖上泛舟时近距离看天鹅、鸳鸯游弋,宁静祥和的气氛蔓延开来。

(2020年8月15日)十六岁改写人生

源源告别东莞中学。

今天源源在华南师范大学附属中学国际部(HFI)报到注册,将于8月17日正式开始AP班11年级的学习生活。

选择了一条更艰苦的路,祝福你的理想日渐丰满。

愿你加倍刻苦学习的同时,记得学会享受学习的乐趣,体会吸收知识的愉悦乃至幸福。这种幸福也许可以看作是为了提升自己、超越自己而日日付出的努力。

世界很大，需要你一岁一岁用脚去丈量。

一路上，愿你记得为绿芽冒出土地而喜悦，记得仰望星空，记得享受音乐，记得赞美生命……

爱每一段路上的自己。

（2020年10月7日）10月5号至7号，第十届GFC——为危机博弈系列商赛（模拟现实商业比赛）在广州香格里拉大酒店举行。源源所在的六人小组（C国Team4）在十三个财年的较量中表现优异，资产从100亿增值到905亿，一举夺得第一名！热烈祝贺。

（2020年10月27日）源源（英文名Nellie）在华附国际部歌唱比赛（Voice of HFI）复赛环节的录音棚录歌展示作品——《说散就散》。

（2020年10月27日）源源在华附国际部歌唱比赛（Voice of HFI）复赛环节的live show——与组委会分配的搭档水梦缘（Lucia）一起现场演唱《别找我麻烦》。

（2020年11月6日）源源在HFI的万圣节活动，诸种搞怪。

(2020年11月7日) 经济学作业

源源和同学，去校外租拍摄场地完成经济学课程的大作业——经济学有一个summative的项目需要拍摄视频还要自己作词，就是写和经济有关的内容。

她们选了一个寡头类型的公司——Oligopoly（寡头垄断的意思）作为拍摄主题。

这个经济学project完成之后还有剩余的时间，她们就用来摆拍。大部分照片都可以作为拍摄的幕后花絮啦。

(2020年11月12日）歌唱比赛

源源在Voice of HFI决赛第一轮中演绎袁娅维的《我爱》。

Voice of HFI决赛第二轮（共有四名选手晋级第二轮），源源第三位出场，演绎《彩色的黑》。

谢谢朋友们祝福和鼓励！源源最终未能斩获"歌王"称号或"最佳人气奖"，只获得第三名。即便如此，她说自己很开心，因为在整个参赛过程中认识了很多新朋友，收获了很多赞誉，也得到了赞赏！

（2020年11月14日）歌唱比赛小结

回头看看源源在11月12日Voice of HFI决赛中的风采。
以及她的长长的关于初赛复赛决赛的总结《To Voice 2020》。
感谢HFI的学长摄影师们。
以及级群里那些很多托儿似的点赞和评论。
最喜欢那句赞誉——"行走的CD"。

To Voice 2020

好久不见的小作文。

心里一块石头总算是落下了、落实了。

从初赛一分钟的《红玫瑰》，到复赛录音棚的《说散就散》和live show《别找我麻烦》，再到决赛的《我爱》和《彩色的黑》。

特别感谢HFI给我这么多在大家面前展现自我的机会，嘎嘎~~然后认识了很多唱歌好听的"音乐人"和新朋友们~~以后有机会一起做歌写旋律录demo，嗯嗯~~

很开心在整个voice过程中唱了两首袁娅维的歌~shout out to Tia！正因为她的调调可能大众接受度不高，我希望用自己的努力让大家看到我女神的魅力！哈哈，一丢丢私心。

我也回看了自己的决赛视频，效果可圈可点：打了很多破音的擦边球；忘了词嘴糊了；为了调动现场气氛忽略了一堆音准；还有我闺蜜说我走路有点猥琐……

其实我很自恋地看了好几遍我唱的《我爱》，嗯嗯嗯，很像演唱会，哈哈哈！反正我是把自己唱爽了，唱到找不着南北了，不知道你们呢？

有一丢丢遗憾，就是决赛没敢唱邓紫棋的《差不多姑娘》和陈奕迅的《你给我听好》：一是因为歌词背不及（而且曾被一个 rapper 说不行成了我的阴影我也觉得我自己唱 rap 很像小孩买菜），二是因为没尝过失恋的味道。

但还是很喜欢听 rua 和苦情歌的，嗯嗯嗯。

列了这么多也算满载而归。

顺便统一回复下，明年就不参加 voice 了，毕竟撞到申请季可能会忙裂头。

如果还想一起交流音乐的话可以私聊我，我把在全民 K 歌录的歌发给你或者无偿点歌都可以，偶尔也会在 pyq 炸炸耳（不过 pyq 一般都会锁，ins 会发的多一丢）。

最后走一波很真心的官方：

特别鸣谢所有的幕后工作者，他们花费大量时间默默无闻地为比赛的顺利进行而努力，还有摄影技术拉满的摄影师们 Dannie Zera Bruce Sharleen Jasqueline Tanya 以及 602 所有到现场打 call 的宝贝们，么么么么么么么~~谢谢你们一直支持我鼓励我。

口水了那么多，辛苦大家了！

还有啥问题的话 pome 见！

（2020 年 12 月 27 日）源源魔都打卡：世界最高书店——上海中心·朵云书院旗舰店；城隍庙 & 绿波廊晚餐；夜游外滩。

（2020年12月28日）源源魔都打卡：武康路。

（2020年12月28日）探访君合律师事务所

源源的上海自由行，最开心和印象最深刻的是探访君合律师事务所。她写下长长的观后感——

和君合律师事务所的高级合伙人见面是什么体验

当知道第二天原本空白的行程要去"拜见"君合律师事务所的高级合伙人时，真的有种泪奔的感觉。人生第一次"追星"成功啊【因为我是个 junior 然后职业方向受 offer 的启发（也不只是）所以长大想做和法律有关的职业】！太太太太太激动了！呜呜呜——我已经想象到见到"草哥"时从书包里娇羞地掏出纸和笔，然后恭敬地递给他签名，再和"一分钱也不能少"的秋怡姐姐合照，询问 Stanford 的骁哥为什么这么优秀，以及以下省略五万字。但撇开这些不说，还是希望能真实感受一下中国红圈所的那种境界。总之，真的很激动，感觉离自己梦想近了一步，哈哈！

D高级合伙人（以下简称"D律"）首先带我们参观君合的每层（一共是三层）会议室和办公的地方。总结下来，就是工作环境特别好，特别安静，感觉在这里工作学习会有无限的动力。然后D律讲了下君合大体的业务方向什么的，反正是我听得一脸茫然。此外，还品尝了君合出品的咖啡！我不太会喝咖啡最后和君合的 logo 合了照。嘻嘻嘻～～～

毕竟我也没正式学过法学，更多的还是听大人们和D律侃侃而谈。收获还是特别的多，有讲到现在国家开始着手关于刑事方面的环境污染罪以及D律专门从事的不良资产管理、公司并购等。我唯一能参与的话题，就是关于像我一样未来职业倾向于从事法律工作的一些问题，比如大学在国外修的不是法学本科但回国想要从事法律工作，会不会竞争力相比国内本科就学法出来的大学生们稍微弱一些（当然了，美国本科也修不了法）等关于在外留学的问题。

中午还去太古汇品尝了特别好吃的江浙菜嘻嘻嘻~~~

总体来说，这次经历我从另一个角度观察了君合，更加坚定了留学回国后要从事法律职业的信念！加油，留学人！

（2020年12月28日）源源魔都打卡：老吉士（兴业太古汇店）。正宗上海本帮菜果然名不虚传！感谢君合律师事务所董明律师盛情款待。晚上，打卡M&M's旗舰店。

（2020年12月28日）探访希瓦资产

源源魔都打卡：上海希瓦资产管理有限公司。

在读高二的源源初步明确了自己的大学专业目标和职业规划，以经济学、金融、法学和商科方向为主。

探访私募基金公司希瓦，让源源这个私募小白大开眼界。

感谢上海希瓦资产管理有限公司销售总监何燕女士热情接待并畅聊。

（2020年12月29日）玩转迪士尼

源源魔都打卡：上海迪士尼度假区（Shanghai Disney Resort）两天一晚充分玩耍。住在度假区内酒店可以享受早上提前一小时进园，热门项目也不用排长龙。

上海迪士尼度假区是中国大陆第一座迪士尼度假区，也是继加州迪士尼乐园度假区、奥兰多华特迪士尼世界度假区、东京迪士尼度假区、巴黎迪士尼乐园度假区和香港迪士尼乐园度假区之后，全球第六个迪士尼度假区。

至此，源源打卡了全球半数的迪士尼乐园（香港迪士尼还玩了N次），加上美国加州环球影城、广州长隆、珠海长隆年卡会员。不得不说，源源是不折不扣的乐园爱好者，以及过山车测评师。

（2020年12月30日）源源魔都打卡：上上谦火锅（上海南京东路步行街店）。

（2020年12月30日）源源魔都打卡：上海外滩花间堂·愉园，一间蛮文艺的酒店。一楼礼宾厅，挂着一长串荧绿色的风铃。手轻轻拂过，仿佛听到童年的声音。在花间书苑（书吧）小坐，捧一本心仪的书，点一杯醇香的咖啡，享受静谧悠闲的时光。部分房间做了大面积的开窗，望出去就是外滩。

（2020年12月31日）源源魔都打卡：上海自然博物馆（上海科技馆分馆）；上海四行仓库抗战纪念馆；豫园。

（2021年1月7日）杨婉云和源源在华附国际部2021新年晚会上演唱《情人》《斯芬克斯》，赢得满堂喝彩。

（2021年1月22日）学习进步

香煎安格斯牛仔骨，欢迎本周末抽空回家的源源。

甚至开心到要喝点酒。

源源所在的华附国际部（HFI）于2020年12月21日进入高二下学期。

这学期新学的AP课"宏观经济学"在本周进行第一次考试，源源拿到了A+的好成绩。

为源源半年来的勤奋和努力折服和感动，也为她找到了学习的快乐、逐步提高独立思考的能力等方面的进步而无比欣慰。

（2021年1月31日）感谢铛铛妈妈从陕西西安寄来正宗的富平柿饼。软糯而香甜，是冬日里温暖而厚重的情意。铛铛小朋友一家是我们在2015年4月的柬埔寨之旅中认识的。铛铛很喜欢跟源源大姐姐玩，俩人成了好朋友。虽然相隔很远，我们彼此关注，相互惦念。

（2021年2月12日）长隆年卡爱好者源源在广州番禺长隆欢乐世界体验垂直过山车！加上此前的十环过山车、火箭过山车、摩托过山车、飞马过山车……将失重体验进行到底。没有最爱，只有更爱。数年前十环过山车是源源的最爱，现在，火箭过山车俨然是源源的新宠。

（2021年3月10日）源源祝福外公

今天是我父亲的八十岁生日。祝福他生日快乐健康长寿。

他的外孙女源源因在广州读书而不能跟他一起庆祝生日。源源微信群里发来问候：

Please tell my grandpa that happy birthday to him and I am busy cramming US history but I really miss him and want to celebrate for his birth on the spot. And anyone who pass on my message plz let me know, thx.

而我，些许动容，若干黯然。

（2021年3月20日）春分，欢迎源源回家，家里饭菜的味道就是家的味道。

（2021年4月4日）在华附国际部（HFI）4月1日举办的文艺晚会上，源源携手10年级学妹卢林越（Ariana）献唱《This is me》。

（2021年4月11日）此前，我只知道法律和经济学会有很多交叉、关联，今天在《薛兆丰经济学讲义》这本书里直接看到了"法律经济学这门交叉学科"的表述，想起了源源希望的本科阶段读经济学、研究生阶段读法学的设想。薛兆丰是美国乔治·梅森大学经济学博士、美国西北大学法学院博士后研究员，他长期关注法律、管制与经济增长之间的关系。

（2021年4月25日）祝贺源源收到宾夕法尼亚大学、康奈尔大学和纽约大学的夏校录取通知书。在甜蜜的纠结过后，源源选择了在即将到来的暑假入读宾大的夏校。初步意向是选择社会学方面的课程。天道酬勤。祝福源源。

（2021年6月4日）健身房打卡：9∶30—11∶00，东莞迎宾馆、康乐楼、二楼健身房，源源在跑步机上边跑步边背单词，两不误。

（2021年6月16日）源源自制午餐出品：第一次在家自制麻辣烫（用的是番茄火锅底料，非麻辣）。源源从家里步行到星河城的嘉荣超市买菜时，经过机关幼儿园，还见到了她幼儿园时的老师尹老师啦，好开心。

（2021年6月18日）源源自制午餐出品：豆腐无米炒饭。

（2021年7月13日）源源自制点心出品：椰蓉牛奶小方。傍晚，学习了一天的源源走路去嘉荣超市采购食材，回家鼓捣了几下，成功端出第一次做的这款甜品，让我们临睡前来点甜蜜。期待明天中午源源做的两道菜。

（2021年7月14日）源源自制午餐出品：金针菇烧日本豆腐+可乐鸡翅（昨晚源源去买菜时，酷爱一号土猪的她选了一号土鸡的鸡翅）。正在写参加马歇尔经济学论文竞赛的论文、隔天上宾大夏校社会学课程、后天即将参加ACT考试的源源的最佳减压方式就是做菜。

（2021年9月30日）今天源源约不到同学一起去长隆欢乐世界玩，只好一个人出游啦。国庆长假前的一天，人不多，过山车达人可以轻松打卡各种过山车若干次而不需要排长队，且不忘发表玩转过山车的测评意见。第一次做vlog（长隆游玩视频）很有成就感！

（2021年10月22日）追星不成

10月23日20：30，在北戴河阿那亚文化街区A剧场将举行袁娅维演唱会"月亮失眠了"。

22日傍晚6点，主办方传来了演唱会被取消的通知。

那时，源源和我在广州南站，准备搭乘动车到北京后转高铁至北戴河。无奈退票，黯然回莞。

而就在22日中午，源源在学校的acoustic（open-mic）演唱《不亏不欠》，唱得真好。

（2021年11月19日）音乐相伴申请季

祝贺源源今天抢票成功！

抢演唱会的门票比中大奖还难。10月23日的袁娅维北戴河演唱会的门票好不容易抢到了，演唱会却被取消。

广州突然成了演唱会、音乐节的热门举行地。接下来每周都要抢票。

9月至12月，是12年级的源源繁忙地申请美国大学的时间段。

愿她的申请季，有她爱的音乐相伴。

（2021年11月25日）今天和朋友在东莞市厚街镇富盈酒店午餐。有一道菜是源源最爱吃的鱼：清蒸黄脚立（又名"黄鳍鲷"）。

第一辑 你的年少 123

（2021 年 12 月 11 日）ED 下车

一大早收到的好消息！

恭喜女儿源源 ED 下车，被美国商界领袖的摇篮——弗吉尼亚大学（UVa）录取了，这是全美最好的公立大学之一。她申请的是 UVa 的 College Of Art And Science。

UVa 是源源 Early Decision（提前录取）申请的梦校，很难，我们胜利啦。

后面的常规申请都不需要了，艰难的申请季美好地提前结束啦。

回想 9 月至今的申请季，其实是好辛苦和焦虑的。

尤其是申请美国大学的各种文书真是蛮折磨人的。我觉得就是观照、挖掘、反思、否定和肯定自己的过程。

陪着她一起焦虑和喜悦。到 11 月底提交 UC（加州大学系统）申请时我觉得已经是渐入佳境了，但对 ED 能下车依然没有足够的信心。

（2021 年 12 月 18 日）昨天起，源源及其同学陆续在华附校园里拍摄毕业照啦（虽然是 2022 年 6 月才 12 年级毕业）！感谢华附国际部（HFI）"Focus 摄影社"的学生摄影师志愿者们。

（2021 年 12 月 24 日）按此前的设想，年底去成都，和源源一起去听罗振宇的 2022 "时间的朋友"跨年演讲——《原来，还能这么干！》。但因种种原因去不成了，只好线上观演。罗胖的跨年演讲，善于从生活的细节发现感动、升华道理，特别适合喜爱煽情的我。

（2021 年 12 月 29 日）我和源源去不了成都听罗振宇的跨年演讲，罗胖也不让其他人去了（取消了）。届时，他会对着 12000

个空座位演讲。蛮悲壮的吧。2021年12月31日20点30分，来"得到"看线上直播吧，不见不散！"让我们泰然自若，与自己的时代狭路相逢。"

（2022年1月2日）源源给妈妈的礼物

2021年12月27日，超冷。大冷天收到源源网购送给我的虎年本命年礼物，好温暖。

这把谭木匠的红豆丝气垫梳子很好用，梳起来很舒服。

源源于2021年12月11日被弗吉尼亚大学（UVa）提前录取后就开始打工赚钱，为一个培训机构的数学微积分培训和考试题目写解析。

第一笔工资就拿出部分来给我买礼物，开心。

她还野心勃勃地说起码要赚够最近要看的十一场演唱会的门票款。

（2022年1月26日）积极发声

昨晚和源源在小区中心广场散步，21:30左右，源源发现自己很久没去打羽毛球的那片露天球场的照明灯光比较昏暗，便说要去找管理处反映情况。

管理处20:00已下班，我鼓励她直接微信语音跟物业管家沟通。

今天14:31，管家发来微信：中心广场羽毛球高杆灯已更换。

今晚我们特地又去球场看看，果然灯光亮了很多，但是仍然不是十分理想。

我毫不吝啬赞美之情地表扬了源源，愿她更多地把大家的事当作自己的事。

（2022年1月27日）源源说："我们普普通通，却不庸庸碌碌。只需拾级聚足，连步以上。"我不知道源源心底烙印的是怎样的人生目标和理想。但是我希望她能做到：独立思考，终身学习，敢于挑战，保持好奇。你的努力，岁月能懂。

与源源共读

（2019年6月24日）第一本：《秘密》，【日】东野圭吾/著，连子心/译。

（2019年6月29日）第二本：《观念的水位》，刘瑜/著。

（2019年7月16日）第三本：《简·爱》，【英】夏洛蒂·勃朗特/著。源源买的商务印书馆版本译者为宋兆霖。我1992年买的上海译文出版社版本译者为祝庆英——这本，我买了两次——可见，年轻时是多么爱此书。家里还有一本英文版《简·爱》。

（2019年7月25日）第四本：《泰戈尔诗选》，【印度】泰戈尔/著，郑振铎、王立/译。朱光潜说："读诗的功用不仅在消愁遣闷，不仅是替有闲阶级添一件奢侈；它在使人到处都可以觉到人生世相新鲜有趣，到处可以吸收维持生命和推展生命的活力。"

（2019年8月4日）第五本：《瓦尔登湖》，【美】亨利·戴维·梭罗/著，徐迟/译。《瓦尔登湖》是一本寂寞的书，恬静的书，智慧的书。

（2019年8月13日）第六本：《曾国藩家书》，曾国藩/著。

（2019年8月24日）第七本：《九三年》，【法】维克多·雨果/著，罗国林/译。

（2019年8月31日）第八本：《乡土中国》，费孝通/著。一本百读不厌的书。

（2019年9月13日）第九本：《红与黑》，【法】司汤达/著，郝运/译。

（2019年10月2日）第十本：《精力管理》，【美】吉姆·洛尔，托尼·施瓦茨/著。

（2019年10月2日）第十一本：《管理是个技术活》，【美】芭芭拉·米切尔，科妮莉娅·甘伦/著，胡晓红，张翔/译。

（2019年10月6日）第十二本：《消失的爱人》，【美】吉莉安·弗琳著，胡绯/译。

（2019年10月7日）第十三本：《你有你的计划，世界另有计划》，万维钢/著。

（2019年11月16日）第十四本：《红楼梦（上）》，曹雪芹/著。

（2019年11月29日）第十五本：《世界通史（中世纪卷）》，本册主编：刘明翰。

（2019年11月30日）第十六本：《原则》，【美】瑞·达利欧（Ray Dalio）/著；刘波、綦相/译。

（2019年12月7日）第十七本：《摆渡人》，【英】克莱儿·麦克福尔/著；付强/译。

（2020年3月22日）第十八本：《从一到无穷大》，【美】乔治·伽莫夫/著；阳曦/译。

（2020年3月27日）第十九本：《大江大河（四部曲）》，阿耐/著。读到第三卷了。

（2020年4月9日）第二十本：《漫长的告别》，【美】雷蒙德·钱德勒/著，姚向辉/译。

（2020年4月12日）第二十一本：《大局观：真实世界中的经济学思维》，何帆/著。

（2020年6月13日）第二十二本：《故事写作大师班》，【美】约翰·特鲁比/著，江先声/译。

（2020年7月4日）第二十三本：《投资最重要的事》，【美】霍华德·马克斯/著，李莉、石继志/译。

（2020年7月21日）第二十四本：《小说课（壹）——折磨读者的秘密》，许荣哲/著。

（2020年7月23日）第二十五本：《小说课（贰）——偷故事的人》，许荣哲/著。许荣哲：你过去所做的每一件事，都将成为未来人生的伏笔。

（2020年7月28日）第二十六本：《博尔赫斯全集》之《但丁九篇》，【阿根廷】豪尔赫·路易斯·博尔赫斯/著，王永年/译。找出但丁故居的照片来看，我们于2020年1月25日在意大利佛罗伦萨的但丁故居留影。

（2020年8月1日）第二十七本：《博尔赫斯全集》之《沙之书》，【阿根廷】豪尔赫·路易斯·博尔赫斯/著，王永年/译。

（2020年8月9日）第二十八本：《当下的启蒙》，【美】史蒂夫·平克/著，侯新智、欧阳明亮、魏薇/译。

（2020年8月15日）第二十九本：《博尔赫斯全集》之《阿莱夫》，【阿根廷】豪尔赫·路易斯·博尔赫斯/著，王永年/译。

（2020年8月30日）第三十本：《经济学原理》（第7版）（套装：《微观经济学分册》+《宏观经济学分册》），【美】曼昆/著，梁小民、梁砾/译。

其实，曼昆的《经济学原理》中译版是我买来重读的，源源读的是英文原版，这是她在华南师范大学附属中学国际部（HFI）高二年级的经济学选修课教材。

源源高二的AP课（美国大学先修课程）选了经济学、数学微积分BC、美国历史、英语语言学。

暑假至今，她在预习和学习经济学的过程中，经常把作业和问题甩给我回答。在无数次回答正确且经常举例帮她理解概念和原理的成就感里，又不断感受到了：学经济学真的是一种享受。

怀念20世纪90年代末每天下班后去东莞理工学院蹭课旁听《西方经济学》整整一学期的美好时光。

（2020年10月2日）第三十一本：《富爸爸财务自由之路》，【美】罗伯特·T.清崎、莎伦·L.莱希特/著，龙秀/译。

世界图书出版公司财商系列之《"富爸爸"丛书》是一位刚刚大学毕业的小伙子第一次拜访我（2001年7月8日）而赠我的礼物。很巧，那天我生日。

从那以后，再也没有见过他，不知道他是否已获得了财务自由。

那时候，这套书给我很多投资理念方面的启迪。

10月5号至7号，源源即将在广州香格里拉大酒店参加第十届GFC——为危机博弈系列商赛（模拟现实商业比赛）。

愿她在参赛过程中，模拟世界公司和金融机构的管理层，运用市场调研、买卖股票、合作交易、开发产业等金融手段，去面对不同地区的业务、不同时期的危机和挑战时，充分体验金融世界的无穷魅力。

（2020年10月2日）第三十二本：《周期》，【美】霍华德·马克斯/著，刘建位/译。

（2020年10月11日）第三十三本：《社会心理学》，【美】戴维·迈尔斯/著，侯玉波、乐国安、张智勇 等/译。

（2020年10月31日）第三十四本：《放学后》，【日】东野圭吾/著，赵峻/译。

（2020年11月7日）第三十五本：《博尔赫斯全集》之《小径分岔的花园》，【阿根廷】豪尔赫·路易斯·博尔赫斯/著，王永年/译。

（2020年11月11日）第三十六本：《人间词话》，王国维/著。

（2020年11月14日）第三十七本：《学习高手》，李柘远/著。

（2020年11月23日）第三十八本：《亲密关系》（第6版），【美】罗兰·米勒/著，王伟平/译，彭凯平/审校。

（2020年11月28日）第三十九本：《门外汉的京都》，舒国治/著。

源源和我都是第二次读这本书了。

最近跟源源说了几遍：不管功课多忙，还是应该每天读数页闲书才好。当然，她多数不听我的。

源源第一次读《门外汉的京都》，是在2015年春节期间的日本自由行的四程飞机上（香港—东京，东京—札幌，札幌—大阪，大阪—香港），她就是读和抄写这本书打发时间的。

我重读此书，不免联想起上周去安徽、江西细细地品味宏村、西递、李坑等徽派古村落的美好。

踏着青石板路慢慢地走，转角遇见一棵结满果实的柿子树在粉墙黛瓦中兀自灿烂。

来体味一下舒国治笔下的柿子树吧：立桥北望，深秋时，一株虬曲柿子树斜斜挂在水上，叶子落尽，仅留着一颗颗红澄澄柿子，即在水清如镜的川面上亦见倒影，水畔人家共拥此景，是何等样的生活！家中子弟出门在外，久久通一信，问起的或许还是这棵柿子树吧……

舒国治的半文半白的文字甚得我心，那份简淡中雅韵四溢的功力，常常令我不由得掩卷微笑。

要有多清苦的生活，多低的欲望，才可以有如此丰富的内心,以及发现美的眼睛。

回想起 2014 年 12 月 27 日那个美好的下午,听舒国治《闲谈我的旅游》讲座,他特别提到日本京都的种种可爱之处。

(2020 年 12 月 19 日)第四十本:《薛兆丰经济学讲义》,薛兆丰/著。

(2020 年 12 月 27 日)第四十一本:《阴翳礼赞》,【日】谷崎润一郎/著,陈德文/译。因封底这一段文字深深感动着。"光阴之美,不舍昼夜。"

(2021 年 1 月 24 日)第四十二本:《你当像鸟飞往你的山》,【美】塔拉·韦斯特弗/著,任爱红/译。

(2021 年 2 月 19 日)第四十三本:《洛丽塔》,【美】弗拉基米尔·纳博科夫/著,主万/译。此书购于世界最高书店——上海中心·朵云书院旗舰店。

(2021 年 2 月 28 日)第四十四本:《深度记忆:如何有效记忆你想记住的一切》【美】罗伯特·麦迪根/著,钱志慧译。

(2021 年 3 月 24 日)第四十五本:《价值》,张磊/著。书是最好的礼物。感谢老朋友今天赠我《价值》。也感谢半年前将这本书推荐给我的另一朋友。

(2021 年 4 月 4 日)第四十六本:《风险投资、私募股权与创业融资》,乔希·勒纳、安·利蒙、费尔达·哈迪蒙/著,路跃兵、刘晋泽/译。

(2021 年 4 月 15 日)第四十七本:《大学之路:陪女儿在美国选大学》(第二版,上册),吴军/著。一所好的大学,它是年轻人的家,是他们度过人生最好时光的地方。培养终身学习的能力。教育是一辈子的事。

(2021 年 4 月 25 日)第四十八本:《大学之路:陪女儿在美国选大学》(第二版,下册),吴军/著。

（2021年5月2日）第四十九本：《认知觉醒：开启自我改变的原动力》，周岭/著。

（2021年5月15日）第五十本：《直到世界反映了灵魂最深层的需要》（露易丝·格丽克诗集），【美】露易丝·格丽克/著，柳向阳、范静哗/译。

（2021年5月22日）第五十一本：《巴菲特幕后智囊：查理·芒格传》，【美】珍妮特·洛尔/著，邱舒然/译。

（2021年6月11日）第五十二本：《财富自由之路》，李笑来/著。

（2021年7月10日）第五十三本：《白板》，【美】史蒂芬·平克（Steven Pinker）/著，袁东华/译。

（2021年7月24日）第五十四本：《罗辑思维：认知篇》，罗振宇/著。

（2021年7月28日）第五十五本：《文城》，余华/著。

（2021年8月7日）第五十六本：《经济学与消费者行为》，安格斯·迪顿，约翰·米尔鲍尔/著，龚志民等/译。

（2021年8月15日）第五十七本：《许渊冲译莎士比亚戏剧集·第一卷》（《哈梦莱》《奥瑟罗》《李尔王》《马克白》），【英】莎士比亚/著，许渊冲/译。

（2021年9月19日）第五十八本：《爱你就像爱生命》，王小波、李银河/著。

（2021年10月26日）第五十九本：《陆蓉行为金融学讲义：投资如何避免犯错》，陆蓉/著。

（2021年11月2日）第六十本：《思考，快与慢》，【美】丹尼尔·卡尼曼/著，胡晓姣、李爱民、何梦莹/译。

（2021年11月9日）第六十一本：《"错误"的行为：行为经济学的形成》，【美】理查德·塞勒/著，王晋/译。

（2021年11月18日）第六十二本：《有钱人和你想的不一样》，【美】哈维·艾克/著，陈佳伶/译。

（2021年12月17日）第六十三本：《文明、现代化、价值投资与中国》，李录/著。感谢今晚一起品尝素食的朋友饭后赠书。书是最好的礼物。

（2022年1月22日）第六十四本：《艺术：让人成为人 人文学通识》，【美】理查德·加纳罗、特尔玛·阿特休勒/著，宋健兰等/译。

（2022年2月3日）第六十五本：《人性中的善良天使：暴力为什么会减少》，【美】斯蒂芬·平克/著，安雯/译。

（2022年2月20日）第六十六本：《新教伦理与资本主义精神》，【德】马克斯·韦伯/著，于晓、陈维纲等/译。

你的年少
我的青春

第二辑

我的青春

父亲的教诲

2021年6月20日，父亲节。疫情原因，一家人不能聚在一起吃饭庆祝。

我所住小区作为疫情封控区，人员只进不出，只能在小区内活动。因此，便不能去到父亲面前，跟他说"父亲节快乐"。

宅在家里看书，偶尔回忆起跟父亲有关的往事，有唏嘘，但更多的是快乐。

很想静下心来梳理一下父亲在我成长过程中给予我的教诲。

也许是最近吃中药比较多的缘故，又或者仅仅是年龄增长的缘故，好像记忆力一下子衰退得厉害，那些关于父亲对我的教诲的话语，竟然很模糊了。

李笑来在他的书《财富自由之路》第32页写道：对所谓"教育"，"耳濡目染"很可能比书本来得更直接、更有效。

是吧，我也这样觉得。父亲的教诲，记忆中更多地来自身教而非言传。

其实，父亲年轻时给我的印象都是比较沉默寡言，不像母亲那么勤叮咛。但是，他用实际行动传递出来的价值观，倒是实实在在地影响了我。

1

比如尽可能多地让我们姐妹仨接受教育。

在我的印象中,以前的家乡,不管在农村或城镇,"重男轻女"的思想总是阴魂不散,在很多人心中根深蒂固。女孩子通常只让上完初中。

我们家三个女儿,父母须承受很多来自精神层面上的家族给予的、熟悉的或不熟悉的人给予的无形的压力,以及挡不住的轻视和嘲弄。

然而,作为1959年那届的高中毕业生,父亲在那个年代算是高学历人才了,他深谙受教育的重要性。父母用他们一定要让女儿们读好书的朴素理念,让我们三姐妹均完成了大学学业。

我记得他们明确地说过:你们尽管努力读书,能读到多高的学历我们都供,不用顾虑家里。

我的女儿源源今年8月即将高三,计划明年去美国读大学本科。我跟她说:你尽管努力读书,争取成功申请到心仪的大学及专业,能读到多高的学历我们都供,不用顾虑家里。

2

比如尽可能早地培养我阅读的兴趣。

孩提时代,父亲每次出差到别的县、镇回来都会给我带书,让我自识字始就与书为伴。

最开始的时候,父亲常给我买小人书,如几十集的《杨家将》《三国演义》等。还有很多外国电影的剧照直接印成的小人书,印象最深的是《悲惨世界》。父亲给我买的第一本没有图片的纯文字书是《白蛇传》。

除了看爸爸买给我的书，我还每天去镇里新华书店附近几家出租小人书的店租书来看。

现在想起来，我对书本的迷恋，对阅读的热爱，就是父亲喜欢把书作为礼物培养的。

小学开始，父亲经常因为我考试或学科竞赛成绩好就奖励我十块钱，或以上。

父亲奖励的钱是让我自由支配的，爱书的我通常都是一拿到父亲的奖励就迫不及待地奔向书店买书。

他虽然没有对我说过读书的重要性，但是我能持续感受到他对我爱读书、用功读书的赞赏和欣慰。

现在的我，早已养成坚持每天阅读的习惯。完完全全地将阅读作为一种享受，并真切地感受到，这种自觉阅读的习惯，是让自己终身受益的事，正如生命得到养分充沛的滋养。

3

比如尽可能创造机会让我增长见识。

读初一时，父亲给我买了一台双卡收录机，让我听收音机、听歌、录歌。

记得那时候，珠江经济广播电台刚刚开播，是很新颖的电台节目模式。我课余时间都守着这个频道，收听了很多经济、民生和娱乐方面的资讯，大大拓宽了自己对家乡小镇之外的事物的认识渠道，令自己的眼界大大增长。

我好几次给电台投稿，都被采用了，莫名地增加了很多自信。

所以，父亲好像并不把我当作无知小孩。逢家里来了客人，父亲也让我一起参与吃饭聊天。遇到我感兴趣的话题，甚至是外省有什么物资可以运回当地销售等做生意方面的信息，我也能发表我的看法。

所以，我跟父亲的好几位朋友都蛮熟悉的。最近几年，父亲跟我聊起他那些同学、朋友的近况，我都能说出小时候跟他们打交道时的一些往事。

现在的我，依然十分注重结交各行各业的朋友，总是耐心倾听他们分享的知识、信息和见解，令自己更加客观和明事理，在扩展眼界和涵养格局的路上愈发笃定。

时光改变了我们的模样，很多记忆已日渐斑驳。

但父亲的教诲始终在我心中。

如果带父亲去远方,第一站是巴塞罗那

想为父亲做的事,如果有,最好写下来。

因为所谓的忙碌,常常就挤占了陪伴父母的时间,更别说为他们做点事了。

因为有些事,如果没有父母的配合,不管你如何设想,终究是做不了的,剩下的便只有念想。

比如带父母去旅行、看世界,多年来,也不过是我的一厢情愿。

可是,每每想起我 2016 年秋季的西班牙葡萄牙自由行 22 天之旅,我心中都会涌现这个念头:如果重游巴塞罗那,一定把父亲带上,陪他一起好好体会天才建筑师安东尼奥·高迪的建筑世界的曼妙。

1

高迪一生的作品中有 17 项被西班牙列为国家级文物,7 项被联合国教科文组织列为世界文化遗产。

抵达西班牙的第一站——巴塞罗那当天,就去游览因充满童话色彩的建筑和五彩斑斓的马赛克装饰而被列入世界文化遗产的奎尔公园（Park Güell）。

奎尔公园位于巴塞罗那市区北部，占地20公顷，原来是富商奎尔伯爵计划建立并由高迪设计的一个社区旧址，建于1900—1914年。1922年，市政府将其收购，开辟为社区公园对外开放。

作为奎尔公园的设计师，从1906年到1926年，高迪在这里工作和生活了整整二十年。虽然这个项目最终只完成了门房、中央公园、高架走廊和几个附属用房等"公共设施"部分，但高迪的自然主义理念在这里逐步成熟并得到了充分展现。

奎尔公园从外到内都能让你有无数惊喜。在那个阳光灿烂的下午漫步奎尔公园，仿佛走进了一个童话世界。带有强烈高迪特色的曲线和外墙表面色彩斑斓的马赛克是令人叫绝的地方，那些建筑物和构筑物的美妙精细之处，让人惊叹不已，回味无穷。这就是高迪的游戏空间吧，他任由想象在此飞驰，而以建筑师的专业将它实现。

第一眼就将你吸引住的是两座糖果屋造型的门房，用粗糙的石块、瓷砖碎片、玻璃碎片拼凑成的小屋充满了童趣。用最便宜的建材，创造出最华丽的姿态是高迪作品最主要的特色。

高迪认为："直线属于人类，曲线属于上帝。"在高迪的建筑里很难找到直线，他大多采用充满生命力的曲线与自然界存在的物体来构成一栋建筑。

中央公园是奎尔公园的主要组成部分，从台阶到围廊造型和装饰都非常讲究。

拾级而上，就是著名的百柱厅。这座由86根陶立克式（罗马风格）立柱支撑的建筑原本是一个菜市场。立柱是中空的，除了支撑屋顶之外兼具导水泄洪的功能。立柱支撑起的屋顶上还有精彩的马赛克圆盘装饰，十分美观。

百柱厅的屋顶是个观景平台，最神奇的是平台四周的马赛克座椅，座椅也是曲线性设计，既有围栏作用又可供人休息。这大概称得上是世界上最长的椅子了吧。它颠覆了人们对公园长椅的印象。高迪结合围墙与座椅，做出了如同蕾丝滚边的曲折座位，并以彩色马赛克瓷砖拼贴，创造出丰富的视觉感受，也带动了活泼的气氛。在此或坐或躺，弯角处可以是单人座、情人座，霸占整个圆弧，就成了五六个朋友聊天的空间。看起来坚硬的座位，其实是经过人体工学考量，靠背弯度恰到好处，让人坐在坚硬的石椅上却感到十分舒适。

从这个观景天台可以俯瞰巴塞罗那市区，远眺巴塞罗那港和地中海。

公园中共有三座造型独特的喷泉，第一个是环形和圆规的组合；第二个是蛇和加泰罗尼亚徽章上红黄条纹的组合；第三个是高迪的龙，其造型为巨型蜥蜴。喷泉表面均采用马赛克瓷片拼成，色泽艳丽而造型生动。

五彩蜥蜴除了作为公园的主题象征和镇园之宝外，还兼具重要的排水功能。每当大雨滂沱时，蜥蜴的嘴中就会喷涌出从百柱厅下泻的水流，显得尤其生动可爱。

奎尔公园引人瞩目的还有如同自然洞穴似的斜柱走廊。走廊分上下两层，晴天的时候走上面，下雨的时候走下面。这些用石块堆砌而成的斜支柱不仅外形美观也很符合力学原理，看似随时将会倾覆却已坚固屹立了近一个世纪，像是有意向人们展示着斜柱和直柱的力学实验对比。

离开奎尔公园前看到了最美日落，高迪建筑在微凉的夜色中愈发显得如童话般美好。

2

圣家族大教堂简称圣家堂（Sagrada Família），是位于西班牙巴塞罗那的一座罗马天主教大型教堂，是巴塞罗那最为知名的标志性建筑物。尽管教堂还未竣工，但已被联合国教科文组织选为世界遗产。2010年11月，教皇本笃十六世将教堂封为宗座圣殿。

圣家堂始建于1882年，高迪1883年接手，结合自己的建筑设计风格、哥特式和新艺术运动的风格进行了建设，直到1926年去世，将这一尚未完成的建筑界的旷世奇作留给了巴塞罗那。

高迪自己是这样描述这座建筑的："我虽不能完成这座圣殿，但并没有什么好遗憾的。我会老去，但其他人会继往开来。需要永远保存的是这件作品的精神，而它的生命来自一代代传承它的人，因为这些人，它将存在并转世。"

这座修建了百年尚未完工的教堂已经成为巴塞罗那参观人数最多的景点。

这座倾注了高迪满腔虔诚的圣殿无处不显示着这位天才的奇思妙想，对几何原理的娴熟运用、对自然元素的借鉴和对光线的掌控令这座教堂显得如此超前而又独一无二，站在大厅中间仿佛置身于宇宙的中心，肃穆、壮观又处处流淌着建筑之美。

在我看来，从外观到内部，圣家堂绝对是精雕细作，把完美做到最好诠释的地方——圣家堂美到令人窒息，高迪简直是太伟大了！

圣家堂有三个巨大的立面：面向东方的"诞生立面"、面向西方的"受难立面"和面向南方还未完工的"荣耀立面"，分别对应耶稣存在的三个重要事件：耶稣的诞生、死亡和复活，以及他现在以及未来的荣耀。

圣家堂的参观按照标识的数字进行，从诞生立面的外部开始，然后进入内部，之后再出去外部参观……语音讲解会一步一步引导你前进，最后在受难立面外部完成参观环节。

诞生立面有一个小模型。绕着模型走一圈，可以细细观察到圣家堂完成以后将呈现的总体设计。

圣家堂内部的设计为拉丁十字架式，总共有五条走廊，精确到天花板、石柱和地板的格局，都做了最为巧妙的设计。中殿的拱顶高达 45 米，侧殿拱顶高 30 米。

十字型翼部有三条走廊。立柱间隔 7.5 米。十字架构的汇聚处是四根斑岩立柱，支撑起了巨大的双曲面结构，周围则还有十二个围成环形的双曲面（仍在建设）。

抬头仔细观察教堂的每一处天花板，它们由很多经过精心雕琢的柱子支撑起来，柱子的灵感来源于森林里的大树。这是生命之树搭建而成的森林教堂。

高迪设计完成的圣家堂一共有 18 处塔楼，中间较高的 6 座，呈金字塔形布局，代表各自象征的等级。最高的位于中央十字架上方，高达 172.4 米，登上这座塔楼能一览巴塞罗那的城市全景。

圣家堂的高度为 172.4 米，比巴塞罗那的城市最高点 Montjuiic 山稍微低了几米，因为高迪认为，为了表达对上帝的敬意，人的创造不能超过上帝的创造，而世界自然万物则是出自上帝之手。目前，圣家堂是世界上最高的宗教建筑之一。

圣家堂内部最吸引人的是它彩色的马赛克玻璃窗，这些并不是随意安装的。高迪根据光的照射和变化，把教堂的四面八方的色彩进行改造，通过不同形状和配色的彩色玻璃，让教堂里出现不一样的色彩。

高迪曾说，色彩是生命的动人之处，这也正是圣家堂表现出的独有特质。

我们拜访圣家堂的时间是上午。这个时候的阳光是倾斜的，教堂里会被照射到不同方位的彩色光。在诞生立面的玻璃窗，映射进来的光是橘色和红色等热烈的颜色；而在受难立面的光，则显得冰凉冷清。高塔和屋顶的许多画龙点睛的细小元素等等，是由威尼斯琉璃做成的马赛克，并涂以异彩纷呈的釉饰。

受难立面代表了耶稣的死亡。它外部的雕塑刻画了最后的晚餐，显得非常沉重。

圣家堂预计于2026年，即高迪逝世的百年纪念之时完工。这是一个重游巴塞罗那的极致诱惑。

3

巴特约之家是一座公寓楼，所处的街区位于格拉西亚大道的西南侧，介于一百街路口与阿拉贡街路口之间。高迪1905至1907年对原建筑进行了彻底的翻修，使之充满魔幻色彩。2004年，巴特约之家被授予欧洲文化遗产奖，2005年入选世界文化遗产名录。

巴特约之家是一座外墙以彩色马赛克装饰的建筑，是加泰罗尼亚家庭艺术运动和现代派艺术的代表作。它的屋顶覆盖着陶瓷板，好像火龙的脊背起伏，烟囱好似一把大剑，据说是在讲述加泰罗尼亚的保护神圣乔治战胜恶龙的传说。面具造型的阳台和骨骼形状的立柱，增强了故事的奇异气氛。整幢建筑具有耀眼的美感，令人不禁要赞叹大师的奇思妙想。

虽然巴特约之家不俗的外表轰炸着观者的眼球，实际上其内部才是整栋建筑的精华所在。高迪在此最大限度地发挥了他的想象力。

巴特约之家整体的设计找不到刚毅的直线条，完全是由各种曲线造型构成，弯曲而波动。这是一幢毫无棱角的建筑作品，是一栋"柔软"的建筑。顶灯、壁炉，每一扇窗，每一道门，任何角落，高迪都花尽了心思，将柔软理念贯彻在每一个细节。

吸顶灯像昆虫的复眼，壁炉像个蘑菇，二楼前厅的屋顶就是一个大漩涡，漩涡的中心装了一盏状如飞轮的大吊灯。大厅的柱子和窗框都像是骨头，给了厅堂有力的支撑并且对波浪形房顶有了过渡。四周墙面及屋顶都有漂亮的花纹，门带有波浪形状的曲线，上面还有贝壳一样的通风窗。高迪在此运用了大量的自然元素，并且在原本自然物种的基础上进行了童话和魔幻加工。

不规则的木块，拼出规则的木门。屋子与后厅之间，用毛玻璃窗相隔，既有相隔的过渡，又满足了采光的需求。

巴特约之家的后院是一处漂亮的庭院，是巴特约家族举行聚会、派对的地方。高迪亲自设计了庭院地面、花墙的花色极其复杂的贴砖，庭院的花墙与大楼的前脸相互呼应。

高迪绝非是一个只做表面文章的建筑师，他对人在建筑里的舒适性看得十分重要，这也符合他在建筑设计中诠释自然的原则。

巴特约公寓的占地面积不算很大，因此高迪设计了一个并不宽阔的垂直日光天井，天井顶部直通屋顶的采光窗，多变的蓝色调构成了这座天井的装饰主基调，犹如海的中心。在每一层朝向天井的窗户下面设计了一排三个细长的通风口，中间安装了可旋转的木窗，它的作用就像鱼鳃一样，通过旋转可以控制打开的程度，调节居室通风的速度。

高迪对天井颜色和材质的考虑也非常用心。他采用光亮表面的方形瓷砖，从上到下颜色越来越浅，这样低层可以借助更多的白色瓷砖反射进来更多的光亮，而高层的深色瓷砖也可吸收过多的刺眼的太阳光；上深下浅的设计，使得站在天井中的任何一层都能感觉到天井中蓝色调的一致。

天井内的设计非常巧妙，墙上的窗户随楼层的增高不断变小，这是因为越靠近天井的顶部光线越强，减小窗口的面积能有效地控制进入室内的光线，而低层加大窗口的面积，能够使更多的光线进入室内，这样就保证了不同高度的房间可以接收到大致一样的光量。

天井里有一部老式铁笼电梯，电梯门安装的是一种漂亮水纹玻璃，给进出电梯的人一种置身水中的感觉，非常奇妙。

阁楼位于楼顶的"龙腹"之中，高迪使用了其精巧的悬链拱设计，置身其内，犹如穿行鱼腹。

巴特约之家的楼顶真是个奇幻世界："鱼骨"阁楼的外表面就是那条色彩斑斓的恶龙，龙的脊背裸露在楼顶上，白色的三维十字架恰如利剑刺入龙身。龙脊的两侧都布满了逼真的"鳞片"，大块的部分代表背部，小的显然代表腹部，肌肉感十足。虽然真实的龙脊并非如此分界，但其如山脉般的扭动起伏，不由人顿感身临其境。

碎瓷装点的烟囱绝对是世界上最美的烟囱吧，而且是"会跳舞的烟囱"。

在一个小房间里，有激光打出的高迪半身像。我静静地看着，为天才以及他创造的美而深深感动。

4

是的。如果带父亲去远方，第一站是巴塞罗那。

因为我知道，父亲一定能体会天才建筑师高迪的建筑世界的曼妙。

虽然，父亲并没有受过专业的训练，但在我的记忆里，他主持设计、建造的民宅十分注重实用和美观，他业余给亲友制作的木床、木椅子等木制家具都是用榫卯结构——不用一颗钉子的，对尺寸的精确度要求甚高。

所以，我知道，他能读懂奎尔公园、圣家堂和巴特约之家等等建筑那些美丽背后的技术精良。

我偶尔会想起，小时候，也就是20世纪80年代初的时候，父亲下海兴办小厂，制造钢窗、避雷针、保险柜和提升架（楼房建筑用升降架）。我喜欢去父亲的小厂里玩，最喜欢的是帮他用墨斗拉线，就是在开阔的地上，我在一头牵着墨斗的线头，他拿着墨斗走到即将制造的避雷针的长度那头的位置，蹲下来把墨斗的线在地上弹出一条黑线来。

从那时起，我就喜欢父亲做手艺活的那种一丝不苟和高度精确，喜欢认真和严谨做事的态度和成果。

2020年6月21日（父亲节），夜，于莞翠村

序　章

——2020年广东省第一期申请律师执业人员网络集中培训班学习心得

最近三年，我经常去不同城市的论坛、讲座、沙龙，聆听那些有才华，有思想，有趣的演讲者的不同主题的讲授。而连续满满当当的讲座盛宴，好久没享受过了。

30天，37堂课，我和我的216名同学一起在知识的海洋里畅游。是的，说的就是4月20日至5月20日举办的2020年第一期广东省申请律师执业人员网络集中培训班。

紧张，兴奋，深受启迪而激动……我们是班主任杜老师、蔡老师和赖老师口中的孩子们，爱学习的孩子们。

我的同学大多数是律师事务所的实习人员，而我只是办案较少的法律援助处工作人员。他们较之于我，有着丰富的办案经验，想必比我更能理解老师们的专业课讲授。而我，课后被强烈激发了培训结束后赶快找些有关类型案件来办的信心。

老师们的专业讲解，是需要时间慢慢消化的。但是老师们的一些理念，我倒是一下子就体会到精妙之处。这些值得展开谈。

比如坚持和发扬广泛阅读的习惯。好多位老师都推荐了不同领域的好书让我们去阅读。《卓有成效的管理者》《你要如何衡量你的人生》《法律人的明天会怎样？法律职业的未来》《定位》《金字塔原理》《麦肯锡方法》《麦肯锡意识》……有些读过的书在老师的解读下有了新的认识，未读过的书就赶紧下单。我更加笃信：爱读书爱观察爱思考的人，更容易具备学习别人的好经验的能力。丰富的阅读能帮助我们累积和这个世界发生更多细腻关系的能力。——这种能力，也许是成为一个好律师的基础条件。

比如培养律师的跨界能力。陈妙财老师引导我们，不要只强调专业化，而应该谈行业化，使我们对"跨界能力"有了醍醐灌顶般的认识。诚如他所言：过去技术的发展并没有让法律人产生紧迫感是因为它只提升了效率、降低了成本，但是交易结构没有发生变化。而现在新技术给人带来的是商业结构的变化，对应的法律关系发生了变化。法律人需要研究它，这要求法律人要有跨界的能力。

比如提升风险意识。这期的课程直接用风险命名的有"企业刑事法律风险""律师执业风险防范"，实际上好几位老师的授课里都穿插提到风险意识问题，令我印象深刻。关于风险意识，应该从两方面去看待：一是从客户的角度而言，律师把为客户提供综合法律风险管控和处置服务作为专业服务方向，而不仅仅是纠纷发生后的处理。防范风险，控制风险，处置风险，同样可以创造价值。律师如何综合运用法律及相关工具，为客户防范、管控和处置法律风险提供系统解决方案，并全方位协助客户执行实施前述方案，值得我们作为思考执业方向的一个维度。二是从律师的角度而言，自身执业风险的防范理当高度重视。比如广州某律所不续封而导致客户索赔600多万元，比如我的律师朋友说他的助理因不去交简易程序改为普通程序之后增加的诉讼费导致法院裁定原告撤诉，导致客户不满。依我看，律师执业风险的防范理当和专业能力、敬业精神联结起来。

比如注重职业礼仪与形象。在刘晓军老师的讲授里，律师的职业礼仪与形象并非只是形式上的东西。他教了我们很多具体的仪表仪态着装的规范，交谈艺术与技巧，社交礼仪和工作礼仪。令我深深叹服的有两点：一是关于邮件，邮件处理不要超过24个小时，回复邮件不要少于8个字，邮件要有长期使用的版式；二是关于法律服务产品设计与展示，我们可以在案件当中通过可视化，对法律关系进行分析，将图片展示给客户，客户就会觉得律师很厉害。法律服务是无形的，但是通过有形的载体去展示，就可以让客户提升满意度。

比如用自己的所学和实践去推动立法的进步。令我十分钦佩和感动的是游植龙老师，自2004年始，15年来，他对于新中国的夫妻共同债务制度，不断思考，不断撰写文章，不断呼吁废改《婚姻法》司法解释（二）第24条，并提出清楚、明确的夫妻共同债务的立法建议条款。他为夫妻债务制度完善的努力，体现了一名律师的高度社会责任感，值得我们去仰视。作为一个法律人，在执业中能切身体会社情民意、法律实施过程中的缺陷，履行公民责任，用自己的所学和实践去推动立法的进步，理当是我们的追求。"为什么我的眼里常含泪水？因为我对这土地爱得深沉……"

新冠疫情下的特殊时期，到广东司法警官职业学院律师学院的现场培训改为了网络培训，是一种新的体验：我们大家彼此不能见面，甚至连某些同学的性别也不清楚。线上学习确实没有学校学习的那个氛围：没有同学面对面交流，没有老师的多形式互动，或许让我们有少许遗憾。但学习笔记分享，微信交流，小范围同学面聚……一样有趣有温度，让温暖留在我们心里。

当我在同学微信群中分享自己有限的仲裁案件的经验、生活趣事乃至亲子教育的理念时，便有同学来赞赏或加微信深入探讨,甚至关注了我的个人微信公众号,于我真是莫大的鼓励。他们让我知道,人际交往中打动人的是真性情,而不是其他。

凡是过往,皆为序章。据说律师从培养能力和积累资源到产生平台需要 15 年左右的时间,在向学问精深,世事洞明,人情练达的境界探索的过程中,我们还有很长的路要走。

我们的未来,并非虚妄。耐心地顺着成长之路一步步地走,培养自己的实务能力,摸索适合自己专长或擅长的领域加以学习和提升,然后形成自己的口碑,通过口碑积累人脉或资源,然后找到适合自己的内外平台。

我特别喜欢这句话:"种一棵树最好的时间是十年前,其次是现在。不管你现在多少岁,如果有自己真正想要做的事情,那就立刻去做,人生永远没有太晚的开始。"

与大家共勉。

祝福大家。

2020 年 5 月 18 日,傍晚,于莞翠村

听，那花开的声音

——郑建忠老师小记

习近平总书记说："一个人遇到好老师是人生的幸运，一个学校拥有好老师是学校的光荣，一个民族源源不断涌现出一批又一批好老师则是民族的希望。"

我在初一时遇到了自己一生中最好的语文老师——郑建忠老师，真是人生的幸运啊！

而对于郑老师先后任教过的安铺中学、廉江中学、湛江一中和湛江一中培才学校而言，想必也是学校的光荣吧。

1

今天的郑建忠老师头顶很多光环：广东省湛江一中培才学校校长，广东省特级教师，中学语文正高级教师，广东教育学会中学语文教学专业委员会学术委员会委员，岭南师范学院文学与传媒学院特聘教授，广东省中小学校长培训中心兼职教授，岭南师范学院卓越教师实验班导师，广东省名校长工作室主持人、广东省名师网络工作室主持人，湛江市首批名校长工作室主持人、湛江市首批名师工作室主持人，广东省百名优秀德育教师。

郑建忠老师主持和参与国家级、省级课题多项，主持广东省教育科研"十三五"规划2017年度课题"创新型学校核心竞争力管理：信息化与智能化"、2019年度省重点课题"核心素养视野下名著导读校本课程开发探索与实践"等。研究成果"名著导读的实践与研究"2018年荣获第四届湛江市基础教育教学成果一等奖，2019年荣获广东省基础教育教学成果一等奖。在《天津师范大学学报（基础教育版）》《语文教学通讯》《中学语文教学参考》等学术期刊发表论文数十篇，出版《春天里忙春天的事——鼓舞与唤醒的德育教育艺术》《听那花开的声音》《让经典滋养人生——名著导读教学策略（中学）》等三本著作。

记忆中的郑老师，是一个大哥哥般儒雅、风趣的老师。1986年，他刚大学毕业到安铺中学任我们初一（3）班、（4）班的语文老师，兼初一（4）班的班主任。

那时候，他不仅课上得好，让我们充分感受到语文之美，还和我们打成一片做朋友。他十分重视培养我们的阅读兴趣，引导我们扩大阅读面，增加阅读量，提高阅读品味。

我最受益匪浅的是，总是能从他那里借到一摞摞中外文学经典作品，满足我如饥似渴的阅读欲，让我热爱文学和写作的心得以强烈激发。记忆中印象最深的是英国作家毛姆的《克拉多克夫人》，同时十分迷恋的作家还有英国作家狄更斯，他的作品《雾都孤儿》《孤星血泪》（又译《远大前程》）等，让我惊叹文字的丰富和美妙。

2

除了勤于阅读，我也尝试文学创作。郑老师经常赞美和激励我们，把我们的好文章推荐给同学们欣赏，令我们增添不少信心。他还把我推荐给其他在写诗、写小说方面有所建树的老师，使我得以向他们虚心请教。甚至在他教我们一年后调离安铺中学、到廉江中学任教的三四年里，也介绍廉江中学的优秀语文老师给我，让我求教。那时的感激之情，现在还记得。

高中毕业前夕，我高考志愿填报了无数个大学的新闻系，最终只是走上了学习法律的道路，此后一直在政法部门工作。遗憾的是，虽然一直怀揣作家梦，迄今却在文学方面一事无成，想起老师当年教诲，惭愧不已。

2016年圣诞节期间，我去广州南沙参加廉江中学初一同学聚会时见到了郑老师。

廉江中学和安铺中学，也是郑老师和我的共同记忆。于我，更是有点离奇。当年读初一时，我到廉江中学报到、参加开学军训几天后就自作主张回安铺中学就读了。我回安铺中学后便遇上了郑老师。而他，在安铺中学只教了我们一年，就因为太出色而被挖去廉江中学了，正好教我当初在廉江中学的那届同学。从这个层面说，如果我当年正常地在廉江中学读三年初中，在初二时就有可能当郑老师的学生。另一种可能就是，如果我不回安铺中学读初一，也许就没机会当郑老师的学生。

脑海里蹦出电影《一代宗师》里的台词：世间所有的相遇，都是久别重逢。

3

2017年教师节前夕，我在东莞收到郑老师寄来的他的新著《听那花开的声音》签名本。该书是郑老师的第二本教育类专著，收录了近五年来他对学校管理、教师发展、学生德育、家庭教育等课题的探索与思考。

《听那花开的声音》的封面赫然印着：教育是慢的艺术，生命自有最美的旋律。而在封底，郑老师写道：教育是慢的艺术，在这喧嚣的世界中，教育者要守住内心的平静与澄澈，多一份清净恬淡，多一份安然从容。对每一个孩子，我们教育者都该以最大的耐心守候成长，等待花开。

捧读《听那花开的声音》，能感受到郑老师的非凡气度与博大胸襟，以及朴素的教育智慧和专注于教育事业的殷殷情怀。

郑老师于2013年出版教育类专著《春天里忙春天的事——鼓舞与唤醒的德育教育艺术》，当年也托我初中同学从湛江回东莞时捎来给我。

这些年来虽然跟郑老师见面的机会很少，却经常关注他在教育、教研方面的孜孜不倦探索及成就，钦佩他读书、写作以习惯的姿势保持了三十多年！

诚如郑老师所言："这是时代赋予我们语文教育工作者的重大使命。担责任，始成长；尽责任，方进步。真正进步的人决不以'孤独''进步'为己足，必须负起责任，使大家都进步，至少使周围的人都进步。"

4

郑老师是这样说的，更是这样做的。

2018年3月，郑老师的学术专著《让经典滋养人生——名著导读教学策略（中学）》正式出版。为该书作序的是中国教育报记者、优秀新闻工作者，曾荣获《中国教育报·读书周刊》2005年度十大推动读书人物的陶继新先生。

该专著主要从"名著导读策略""名著导读法实施流程""实施价值""案例分析"四大方面，精选了《红楼梦》《西游记》《骆驼祥子》《简·爱》《海底两万里》《汤姆·索亚历险记》

《朝花夕拾》等经典名著进行导学，既有宏观的导读着眼点和关注角度，又有具体的导读方法和案例呈现，厘清了名著导读的教学价值，探索出了名著导读需要的方法策略，呈现了解决问题的具体做法，为一线语文教师提供了典型的教学样例。

郑老师说，希望通过本书在名著导读方面的初步尝试和实践，投入到名著导读教学改革与创新的洪流中，能发现问题，提炼精华，积累经验；希望能在培养学生"多读书，好读书，读好书，读整本的书"方面发挥积极的作用。

回忆起当年郑老师对我们在阅读方面的引领，真是佩服他从走上教学岗位的第一天至今，都在做着这项一脉相承的工作。只是现在的做法更有深度和广度，对阅读经典的引领、对名著阅读以课程化的形态出现在学校教育中乃至语文教学工作系统性方法交流、语文教学体系结构优化起到了更强的推动作用。

5

于我，当年在郑老师的引领下，已养成热爱阅读的习惯，完完全全地将阅读作为一种享受、一种喜悦、一种修炼、一种成长，并真切地感受到，这种自觉阅读的习惯，是让自己终身受益的事。

"书中自有黄金屋，书中自有颜如玉。""腹有诗书气自华，最是书香能致远。""读万卷书，行万里路。""读书破万卷，下笔如有神。"阅读是灵魂的修炼，是精神的涵养，是素养的提升……

如果我们认同"取法乎上，得乎其中；取法乎中，得乎其下"作为读书的走向与规则，便会相信阅读世界名著等上乘之作，即有可能得其教化、受其熏陶，抵达较为高远的精神境界。

近半年来，持续关注郑老师于2018年4月17日开通的微信公众号"郑建忠致名著"，跟着他的文章重读了《追风筝的人》《撒哈拉的故事》《杀死一只知更鸟》《许三观卖血记》《边城》《偷影子的人》《苏东坡传》《巴黎圣母院》……

年轻的时候，对于经典名著，如何读懂其精髓，领悟其精神，读出其妙趣，我是经常不得要领的。现在，跟着郑老师的名著导读系列文章重读，犹如步入了一个豁然开朗而又妙不可言的阅读殿堂。

"细雨湿衣看不见，闲花落地听无声。"此后余生，愿那些经历岁月长河洗礼依然璀璨夺目的经典继续滋养我，让我在名著阅读中享受到灵魂深处的愉悦，让灵魂如春天般芳香四溢且优雅迷人。

就这样，一杯清茶，一本书，听，那花开的声音。

（本文入选《玉兰争妍桃李芬芳——廉江中学百年校庆征文获奖作品集》，于2019年10月13日发表于陈逸影个人微信公众号，于2019年10月21日发表于《湛江科技报》）

父亲的礼物

2019年6月16日,父亲节,一家人聚在一起吃饭庆祝。自然而然地回忆起跟爸爸有关的许多快乐时光。

1

2018年11月30日,国家统一法律职业资格考试(主观题)放榜,我以125分的好成绩顺利通过了。于我,这是一个意外的收获。

开心地致电父亲报喜,他说奖励我600元。

父亲给我的奖励红包,上面有他用毛笔书写的一个大大的"奖"字。

想起自己在去年父亲节发表的微信公众号文章《跟父亲有关的小事》里写道:"小学开始,父亲经常因为我考试或学科竞赛成绩好就奖励我十块钱,或以上。我通常都用来买书……"

这一次,我没有用父亲奖励的红包来买书,而是将它放在我随身带着的钱包里。偶尔拿出来看看,每次都有不同的感慨。

去年的法考,我没有刻意花时间在复习上,依然傻乎乎地做一个重点寄情于剧院影院、执着于诗和远方的大龄无知文艺女青年：频繁地看剧看电影，每个月都去不同的城市旅行，包括5月去了美国夏威夷，7月至8月去了德国瑞士奥地利（法考客观题考试在9月）。

所以，没有人敢想象我法考会通过啊，包括父亲，包括我自己。

其实，客观题成绩公布后到主观题考试的那二十多天里，我倒是没日没夜地认真复习的——即使出现了中度贫血、心动过速、严重嗜睡。那时候，每次听音频课超过半个小时就睡着，醒来后又继续听课。

如果将前面的懒忽略不计，"天道酬勤"还是对的。

2

1998年，借汽车按揭贷款的便利，我们家迎来了第一台小轿车。

那时候，东莞没有什么大商场。我最喜欢的逛街内容是节假日开车去省城（广州）的天河城或中信广场逛一整天。

有一次，父亲见到我从广州买回来的新包，直夸皮质好、款式斯文，说我会买东西。

他问：多少钱呢？我说了价格。他说，没想到这么贵啊。我连忙向他推销自己的消费观：对品质要有要求，在能力范围内买最好的，贵买便用，品质好的东西能带给我愉悦而不是烦恼……

"好是好，不过也是太贵了。"父亲说，"但是，真的很好啊，你这么喜欢，正好很快就是你的生日了，我给你买这个包的钱，这个包就当是我送给你的生日礼物吧。"

我收下父亲的钱，眼里有泪花。

从那以后，无论买了什么好东西，都不跟父亲说价格。如果他追问，一律用"好贵"作答。

二十年过去了，我有了数不清的各种新包。而那年父亲送我的包，始终不忍丢弃。最近收拾东西时见到，难免有再拿出来用的冲动。

3

有时看到一些亲子教育的文章讨论家长是否给孩子金钱奖励，我便想起父亲是这个讨论的正方——他一向简单粗暴地，奖钱。

小学开始，父亲经常因为我考试或学科竞赛成绩好就奖励我十块钱，或以上。当时，总是有一种被肯定的快乐。现在想来，也没什么不好。

那时候，父亲奖励的钱当然是让我自由支配的，爱书的我通常都是一拿到父亲的奖励就迫不及待地奔向书店买书。

印象最深的是，我于1983年（小学三年级时）从爸爸奖励给我的钱中拨了六块钱买了一套《红楼梦》，读起来当然不能说懂。年长时再读，还是不敢说懂。

我对书本的迷恋，对阅读的热爱，就是父亲喜欢把书作为礼物培养的。

孩提时代，父亲每次出差到别的县、镇回来都是给我带书，让我自识字始就与书为伴。

最开始的时候以小人书为主，如几十集的《杨家将》《三国演义》。当时很多外国电影的剧照直接做成小人书，印象最深的是《悲惨世界》。父亲给我带的第一本没有图片的纯文字书是《白蛇传》。

父亲是20世纪50年代高中毕业的，在那个年代算是受过较多教育的。他虽然没有对我说过读书的重要性，但是我能持续感受到他一直都觉得知识很重要，以及他对我爱读书、用功读书的赞赏和欣慰。

现在的我，早已养成坚持每天阅读的习惯，完完全全地将阅读作为一种享受，并真切地感受到，这种自觉阅读的习惯，是让自己终身受益的事，正如生命得到养分充沛的滋养。

是的，于我而言，书是最好的礼物。

对父亲的感激永远在心里，永远。

时光改变了我们的模样，但父亲的礼物始终陪着我。

礼物的寓意，岁月能懂。

跟父亲有关的小事

一

像我这样地道的伪吃货，不管写什么，都是不能不提吃的吧。

跟父亲有关的小事，也是从吃说起。

去年五月十五日，因为觉得比较忙，便发了一篇数百字的微信朋友圈感慨了一下。其中有一段提道：最近忙得有点时间没安排好的感觉，比如爸爸让我网购的双钱牌龟苓膏粉还没买，每个夏天吃上爸爸做的龟苓膏是无比幸福的事。

一位东莞的律师朋友留意到了，给我留言说双钱牌龟苓膏粉是他家乡（广西梧州）的特产，下次回老家给我带几包正宗的。今年清明节过后，他真的给我带来了龟苓膏粉。好有心啊，都快过去一年了，我以为并非每个人都像我这样记性特好。我转交给爸爸，只要在这个城市，都尽量每周五回父母家晚餐，饭后便能吃到爸爸做的龟苓膏了。

其实，龟苓膏是苦的，而心总是甜的。

是的，每个夏天吃上爸爸做的龟苓膏是无比幸福的事。

二

　　父亲今年七十七岁了。虽然他一直比实际年龄显得年轻很多，但确确实实在一年一年地老去。

　　记得父亲那年刚过完七十岁生日，便骤然老了很多。那天傍晚，我送点食品过去交给他，我转身，上车，开车，握着方向盘，心里无比酸楚。从那以后，我曾经试过很多次，黄昏，开车疾驰在熟悉的马路上，路两旁的树木在迅速地往后退时，想起父母，想起即使把他们从家乡湛江拉过来东莞已经好多年，他们也未必完全喜爱上这个城市的生活，而自己陪伴他们的时间却不是很多，泪水就忍不住奔流。

　　去年四月，和一个老乡，也是在东莞当律师的朋友饭叙。他的工作时间较之我可谓自由得多，可是他说陪伴父母的时间确实不多啊，乃至母亲倒是非常迷恋老年人保健品传销机构带来的慰藉。我想我能体会得到他的无奈。

　　每次听田万良先生演唱的歌曲《请勿缺席》，都会反思陪伴父母的时间是否足够的问题。"你知道你是他们的骄傲，你才会日夜兼程的奔跑。""如果可以请不要缺席，在他们老去的夕阳里。如果可以请想想自己，有一天我们也会老去。"

　　是的，我不希望"子欲养而亲不待"的悔恨在自己身上发生。

三

　　2015年10月4日晚上9点，在雨中漫无目的地开了几个小时车，终因雨太大、视线很不好，我把车停在了东莞大道旁的吉之岛门前，等雨变小一些再回家。接到父亲的来电，他开心地说源源（我女儿）的外婆刚才在东莞电视新闻里看到源源了，是关于源源所在的文化周末少年合唱团在杭州的专场音乐会的演出报道。

我挂了电话后瞬间泪流满面。其实我在确定国庆长假期间的澳洲自驾游或伊朗自由行都未能成功出行之后，应该安排带领父母去杭州常州看源源合唱团演出并休闲自由行才对。

当然，说服父亲出游或跟我一起出游只有诸多失败的经验（除了陪他去周边城市探亲戚或回家乡），主要原因也许是节俭惯了的他们那一辈不舍得花儿女的钱。

是的，人生真的有很多问题不是用钱能解决的。

四

最近几年，父亲并不忌讳跟我讨论关于死亡的话题，特别是不断传来父亲的同学、亲友陆续离世的消息时。父亲跟我说起以前跟我家来往密切的、我也熟悉的人，我跟他一起回忆那些人和事，一起叹息，也能感受到父亲心中的忧戚，和害怕。我也害怕。

有时候，用心灵鸡汤去说服自己：关于错过，遗忘，背叛，辜负，失望，心碎，等待，命运……除了生死，都是小事。有时候，心灵鸡汤灌得多了，便有点于事无补：在生死这样的大事发生之前，那些该当作小事的，是漫长的疼痛。

是的，恐惧死亡也是对生命敬畏而热爱的表现形式之一。

五

一直以来,父亲身体挺好的,除了年轻时踢足球受伤落下的风湿,并没有其他不适,每年体检结果都挺让我们姐妹仨放心的。

去年七月十九日,父亲第一次住院。

那天傍晚,下着小雨。我把车停在女儿源源以前读小学的学校里,然后走路回300米外的父母家晚餐。是怎样的心神不宁啊,打着伞转身离去,用遥控器锁车时竟然长按了开锁键,导致车窗、天窗全部开尽,而我浑然不觉地离开了。刚到父母家,手机响了,是源源小学时游泳队的带队老师来电,他告知我车窗开着的情况。我马上折返学校,把车窗关好,避免了车内成河的事故。

心神不宁难道是先兆吗?很快就发生了让我心慌的事情:父亲不像往常那样跟我们共进晚餐,说自己头晕得厉害,先在沙发上歇歇,后来竟然呕吐起来,我担心是脑卒中之类,赶紧送父亲去医院。

脑部核磁共振、心脏彩超……一系列的检查后才有诊断结果。幸亏没有大碍,一周后就出院了。

犹记得去医院前,父亲拉着母亲的手,好像交代后事的样子。

是的,在病痛来临之际,我们不过是无助的孩子。

六

关于父亲,印象最深的是小时候。他每次出差到别的县、镇回来都是给我带书，让我五六岁起就与书为伴，直到现在，乃至终生。

孩提时代，我就很迷恋书本。自己买了很多小人书，还每天去镇里新华书店附近几家出租小人书的店租书来看。

父亲从来不掩饰对我爱读书的赞赏。

小学开始，父亲经常因为我考试或学科竞赛成绩好就奖励我十块钱，或更多。这些钱，我通常都用来买书。

是的，于我而言，书是最好的礼物。

七

今天是父亲节，写下一些简单而平淡的文字，祝父亲健康长寿，平安喜乐。

去年的父亲节，在我的微信公众号上发表了《父亲的背》，有一些产生共鸣的朋友来交流和鼓励，感恩。

如果可以，愿我在每年的父亲节，都为父亲写一篇文章，直到永远。

2018 年 6 月 17 日，夜，于莞翠村

那一刻怦然心动，此后便魂牵梦萦

一

旅途中邂逅美食，往往是不经意的。

在唯美食和爱情不可辜负的信奉者那儿，之所以常常把美食和爱情相提并论，也许是因为两者都是可遇不可求吧，又或者是不经意地遇见了便是刹那间的电光火石般，怦然心动。

然而，如果每到一地，照着攻略寻找大众口中欢呼的美味，一尝之下，有时会觉得不过如此。这样的事，我也经常干。

遇见令人怦然心动的西班牙橄榄，是在美丽古城加的斯。

那是 2016 年 10 月。

二

加的斯（卡迪斯，Cádiz）是西班牙一座非常非常美丽的城市，有着长长的海岸线。

虽然关注和前往加的斯游览的中国游客很少，但加的斯的美在欧美十分有名。她是西欧最古老的城市，在古罗马时期，加的斯已经是帝国第二大城。

岁月流逝，加的斯风采依旧，维修保护得很好。她最著名的名胜有加的斯大教堂，皇家温泉，西班牙广场内的宪法纪念碑（1812年，在加的斯制定通过了西班牙首部宪法），地球之门，玫瑰之门以及加的斯瑰宝——圣塞巴斯蒂安城堡和圣卡特琳娜城堡。

三

被海水环绕着的加的斯古城区不算大，步行是游览的最佳方案，在旅客问讯处拿一张免费的地图就可以开始了。

如果懒到不想看地图，只要沿着地上不同颜色的线条走一遍就行了！

整个城市分成绿、橙、紫、蓝四条旅游线。绿色为"中世纪与地球之门线"（Recinto Medieval y Puerta de Tierra）；橙色为"古堡与城堡线"（Castillos y Baluartes），有很长一段沿着海岸线；紫色为"殖民地贸易线"（Cargadores a Indias），紫线经过的多是与当年美洲贸易相关的部门，如仓库，码头，工厂，海关，等等；蓝色为"政府部门线"（Constitucion Gaditana），集中了许多大型建筑。

所有的线亮丽如新地漆在人行道上贯穿全城，游客跟着走不出错。

多可爱的旅游线啊。不禁为这个城市的管理智慧击掌赞叹！

四

在加的斯的一天，我们是上午坐观光巴士在古城和海岸之间穿行，下午在古城沿绿、橙、紫、蓝四条旅游线边走边看。

中午时分，观光巴士在圣玛利沙滩停站时，我们下车找午餐。

所有的餐厅只在一点才开始供应午餐。西班牙人是很讲原则的，葡萄牙也一样，不到十二点（西班牙时间则是一点）是不做午餐生意的。记得后来在波尔图，葡萄牙时间十一点半，我们好不容易找到一家餐厅肯迎客，也只是让我们吃早餐，到了十二点才给我们点午餐的菜肴。

在我们选的这家餐厅，凭观光巴士票可以赠送饮品，我们要了白葡萄酒和啤酒。点了好几碟牛扒和海鲜，吃得略觉油腻之时，才发觉店家还赠送了一小碟橄榄。

用橄榄油、百里香、盐、醋腌制而成的橄榄，涩味去得恰到好处，果肉爽脆，甜味清淡，橄榄的清香十分浓郁，一下子就被这小小橄榄惊艳到了。

才记起，加的斯所在的安达卢西亚是西班牙最南部的历史地理区，由于出色的气候条件，这里盛产橄榄。西班牙被誉为"世界橄榄油王国"，橄榄油的产量和出口量均居世界之首。而安达卢西亚地区以出产顶级橄榄油闻名于世，是全球知名和畅销的橄榄油产地。

五

此后在西班牙葡萄牙的旅程，每天都找橄榄来吃。

除了有核青橄榄，我们一路上还吃到了其他方法腌制而成的橄榄，比如深黑的无核橄榄，一端看得到十字形的刀口，另一头则呈现正圆形的去籽时留下的孔；比如填馅料橄榄，它的做法是将橄榄去核，经过数十道腌制程序后填入各种食材如柠檬、红辣椒、三文鱼等。

每次吃都意犹未尽。

5日中午,从塞维利亚坐高铁去马德里。在塞维利亚的最后一顿早餐是香煎排骨、香菇胡萝卜粒鸡蛋炒饭,配奶茶,橄榄。

6日,在马德里市区、名胜区游览了一天之后,在太阳门地铁站旁的英国宫百货负一层超市买了海鲜和白葡萄酒,回酒店公寓自制晚餐:油焖大虾、彩椒酱爆鲜鱿、上汤蛏子王,清甜的瓜。海鲜除了配上柠檬汁,还有不可或缺的橄榄。

当西班牙橄榄遇上西班牙火腿,则是"金风玉露一相逢,便胜却人间无数"。7日深夜,在马德里,已移居西班牙的东莞朋友宴请我们,那是我们在西班牙12天行走的最后一顿晚餐(次日早上飞葡萄牙波尔图),吃到顶级的超级美味的西班牙伊比利亚小黑猪火腿。这盘瘦肉红亮、脂肪雪白、肥瘦相间如大理石花纹般美丽、馨香扑鼻、鲜甜醇厚、入口即化的火腿犹如繁华盛世,旁边那碟甘香可口的橄榄,则如繁华过尽后的岁月静好。

六

无论是在马德里,还是此前走过的巴塞罗那、格拉纳达、加的斯、塞维利亚和塞哥维亚等城市,最司空见惯的是人们在街头巷尾的露天餐桌饮啤酒、吃橄榄,就着几块面包就是一顿正餐。不像我们,坐下来就点一桌的牛扒、海鲜,橄榄只作为佐餐小食。

那次西班牙葡萄牙自由行结束后的一年时间里,我再没有吃过西班牙橄榄。

每每想起,都是好怀念。那种特别的美味,以及加的斯的海风,吹拂着午后在圣玛利沙滩走一走的无比惬意。

2018年3月14日,于东莞

2017，我是追光的少年

2018 已经到来，这是新年的第一天。

阳光打在我的脸上，温暖留在我的心里。

这是我的微信公众号的第 40 篇推文，为岁月更替而感怀。

在数年长长的黑暗中穿行并最终遇见了光亮。

时间当然冲淡不了一切痛苦。

内心依然不够强大，却可与痛共存微笑前行。

回望逝去的 365 个日夜，虽然我不够努力，却俨然一名追光的少年。

一

有一种光叫作遇见别人的智慧。

这一年，去不同城市的论坛、讲座、聚会，以及在微信群中与一些有才华，有思想，很有趣的人相识。

我膜拜他们的学问精深，世事洞明，人情练达。

读他们的书或文章，一下子就体会到理论核心和精妙之处。好的文字，有一种现世安稳的力量。有时候也为自己感动。爱书的人某一刻就能抵达写书人的思想深处，特别是没有丧失发现美好的能力的爱书的人。

从小养成的广泛阅读习惯，自然累积和这个世界发生更多细腻关系的能力。爱读书爱观察爱思考的人，当然具备学习别人的好经验的能力。

然而，有些思想的火花，单靠埋头在书房是碰不到的。

即使不能见面，也可通过网络用文字充分交流，有趣有温度。

我们讨论问题，不只赞美国家的进步，也批评某些方面的不足，"为什么我的眼里常含泪水？因为我对这土地爱得深沉……"

有智慧的人虽然咄咄逼人恃才傲物，更多的是无比谦卑。他们的赞赏的话语，可以不停为你加油。他们让我知道，人际交往中打动人的是真性情，而不是其他。

特别有智慧的人，我能理解他们的孤独，尤其是夜深人静时，或者众声喧哗时。

在几乎所有人都是平行线的世界，偶遇一些有趣的灵魂不是一件容易的事。有的人相信缘分，有的人不相信缘分。

我最爱的中大教授，毕业后只见过一次面，在单位组织的中大培训中给我们上课。最近在微信上聊到令人愤慨和无奈的事，他说："如果你心里没有爱，剩下的便只有恐惧。"我以前觉得他深刻，但是不知道他如此深刻。

二

有一种光叫作换一个工作岗位看世界。

在春光无限好的年初，我做出了报名到基层历练成长的决定。2017年2月28日始，我暂别市司法局一年，到大朗镇的长塘社区挂职担任党工委第一书记。

基层工作于我而言是空白。而要真正了解作为中国改革开放前沿阵地的东莞的社会状况，基层一定是最好的去处。

其实东莞早就没有严格意义上的农村了。极少农田，厂房林立，路网发达，商贸兴旺，每个村俨然一个小城市。只是，我也窥见了那些城市面孔下乡土社会的内核。

各种或繁杂或琐碎的人和事，有时难免使人焦虑不堪。

利益，立场，人性的光辉和丑陋，有时清晰可见，有时晦涩难懂。

基层治理，合法合理地解决历史遗留问题，要求我们做现实主义者，求应然之事。

抵达公正、公平的目标需要做多么繁复的工作。

法律在某些领域也会力有不逮，多元化纠纷解决机制的运用，可以让我们平静和坚定。

密切联系群众，是一种技术，更是一门艺术。

总有一些事情，超出个人能力之外。

爱所爱恨所恨，该温和时温和，该愤怒时愤怒。

我不习惯赞美这个城市的光鲜外表，而是更多关注那些粗粝得有点硌着我的骨头我的心的疼痛。

三

有一种光叫作发现自己还有梦想。

2017年1月2日晚，在微信上跟认识不久却让我十分敬佩的X说我去看20：00场次的《摆渡人》。他22：58时问我"好看不"。我很内疚那时候习惯早睡的我没及时回答他，次日便放弃了习惯的午休写了篇短影评发给他并发朋友圈。

从那以后，我就重拾自己中断了数年的写作（不限于影评）

了,并且愈来愈体会到写作的美好。

为了放自己的文章,于 2017 年 2 月 27 日开通了个人微信公众号。没想到写作水平远在我之上很多很多的很忙的 X 倒是有阅读和评论及赞赏。于我,真是莫大的鼓励,在谈论理想、梦想、使命似乎是一种奢侈的年代。X 说:"写作也是纸上的修行啊。要坚持啊。"

据说这不是一个可以安静写作的年代。对手机和互联网的执迷让我们处在信息爆炸的漩涡里,我们的头脑容易变得庸俗和乏味,我们的文字无法不去迎合大众的口味。

可是我有我的坚持。自觉从各种会议材料和工作报告中疏离出来,只写"让文字自然流诸笔端"的随性随心之文字。唯此,写作才是让自己激情澎湃的事。

好的文字一定是如罗曼·罗兰的《约翰·克利斯朵夫》那样的,"不是小说,不是诗,而有如一条河。"

朋友 J 说,资讯爆炸时代,耐心读文字的已是寥寥无几,让我发公众号时要多配发图片和多揣摩读者的口味。我说,我写文章不会想着照顾读者的,也不关注公众号的商业属性,只写被我冠以情怀和兴趣的主题,不管是否会产生物质收益。

是的,我愿只做个无比纯粹的读书人和写作者。

梦想是心里的光,她能穿越最黑的黑夜。有梦想,就有梦想照进现实的一天。那一天的到来,我的眼里必然闪耀着年轻人才有的梦想实现的美好。

四

有一种光叫作致敬别人的梦想。

我的一位中大法律硕士研究生班同学,毕业十年内没有见过面,2017年因为评论我的公众号文章而恢复联系。

这十年里,他读了法学及法学之外的大量书籍,将人类数千年来的思想、文化成果进行梳理,按他的发现提炼了十分独特的主题而成书,160万字。如果理解和表述错了,请同学原谅。因为我只读了8万字左右的绪论、目录和参考文献部分,对这种跨学科特别大的著作,我不敢狂妄地称自己能读懂。

此书在付诸中大出版社编辑出版的过程中,需要作者自费11.5万元,我资助了其中的一半,5.75万元,约为我的年工资的三分之一。较之我平时偶尔的助学助困和参与慈善机构的"月月捐"等细水长流的公益活动,这是我人生中最大的一笔捐款。我以最诚挚的敬意,期待同学的书早日顺利出版。

一位有理想的媒体人说:"往往胸怀梦想的人,也是困顿无助的人、奋斗中痛苦程度不一的人、沮丧的柏拉图主义者、情商负数的人、不安分的人……所以,有梦想并把梦想做成了事业,这样的人,是可以被视为脸上虽然挂满汗水,但身上被插上了翅膀。而插上翅膀这技术活,除了神能做到,我找不到更好的解释了。"

是的,我能理解,一个社会人用十年的业余时间去写作是多么孤独的事。

同学说,他打算在书的后记里这样感谢我:"她不但在本书的出版过程中独家提供了资助,而且给予了我精神上的援助——总是不吝惜于以赞美之词对我倍加鼓励,让我深受鼓舞;在自我牺牲的文化苦行僧之旅中,使我感到自己不是一个人在战斗,从而笃行于文化守望的险峰乐而忘返。"

其实我不需要感谢。致敬别人的梦想是一种快乐,更能感染自己并点燃自己的希望。

我们都是写作者。祝愿在各自无常的人生路上,带着梦想修行，到达爱的彼岸。

五

　　有一种光叫作行走的乐趣与力量。

　　在樱花灿烂的青岛，中国海洋大学里好多条路都是樱花路啊，美不胜收。在去找校园里闻一多故居的路上，第一次看到了樱花瓣在风中飘落的样子，莫名感动。

　　到访地广人稀、四季分明的美国南部城市亚特兰大是在初秋，在落地窗外高大的树木静静站立的夜凉如水里，第一次在遥远的异国他乡发微信公众号文章《距离》。亚特兰大有《飘》的作者玛格丽特·米歇尔的故居及博物馆，坐在玛格丽特·米歇尔用过的那台古老的打字机前，仿佛听到了《飘》一字一句敲出来的美好。

　　六天的云南昭通学习之旅，劳筋骨，苦心志。像我这般四体不勤五谷不分之人，在拖着此前无故扭伤的左腿重走红军长征路那崎岖的数公里山路之后，已然涤荡了心灵。有些感想，在作为学员代表上台发言时狠狠煽情了一把。

　　加拿大境内自驾三千公里是我的旅行中路程最长的自驾之旅。温哥华，维多利亚，坎卢普斯，贾斯珀、班夫国家公园，冰原大道，卡尔加里，蒙特利尔，渥太华，金斯顿，尼亚加拉大瀑布，多伦多……湖泊如镜，冰川如雪，山脉如黛。这年秋天，我醉了在落基山脉的"枫情"万种里面。有一种美，不是在照片里，而是，在路上在心里。人和车一体，车和路一体，默默感动，静静敬畏。偶尔回想起来最多的，是当时那种无比宁静而美好的心情。

　　我极少去思考旅行的意义，好像头脑中只有行走是与生俱来的生活中必不可少的另一种姿态这种概念。现在细想一下，是不是人在旅途的那种美，待某个孤独的夜晚每每想起，总是不由自主地嘴角泛起微笑。然后，心被温柔地撞击了一下，又一下。

在我心里，去远方的意义，也许并不只是在远方的风景，而是从远方回来后能更好地过好每一个当下。

六

关于人生意义的追问，就是不断发现和不断寻找的结果。

"愿你出走半生，归来仍是少年。"

最近两天，朋友圈里突然出现了一个晒出自己十八岁照片的热潮。而我想起一句话："所谓无龄感，就是没有年龄的概念，不为年龄所束缚，能够在生活中始终保持活力，对事物充满好奇并勇敢去尝试。"

是的，年龄可以不是判断一个人是否年轻的依据。少年的心态，还可以表现为对未来可能性的好奇心和期待。以及，对于美好世界的希冀。

我也特别喜欢这句话："种一棵树最好的时间是十年前，其次是现在。不管你现在多少岁，如果有自己真正想要做的事情，那就立刻去做，人生永远没有太晚的开始。"

准备好了，便要珍惜时间，集中精力去做自己真正想要做的事情，最好心无旁骛。

2017，在偶尔的怀旧情绪中一次又一次地审视自己的年少轻狂、青春挥霍，以及生命中那些懵懂、莽撞乃至冲动的决定，不应否认的是性格缺陷，即使勇气可嘉。

人生就是这样，只有回头看，你才发觉，那时一个看似不经意的决定、一句话、一个眼神……就足以让一生改变。

古希腊哲学家赫拉克利特说,"人不能两次踏进同一条河流"。

某一天突然间就醒悟了。疗愈内心伤痛的有效方法,一种是大量的体力劳动,另一种是大量的持续的体力劳动。

我知道,很多时候,最单纯的,就是最美好的。

活着也是这样的,活得简单了,很多问题就不是问题了。

在我的经验里,过分用力的事情,结局往往不好。何况,那些没有结局的结局。

真的,刚刚好,甚好。

2018,愿少一些绚烂,多一些平淡。保留更多孤单地眺望夜空的时间与空间,也许才会遇见耀眼得让人想哭的星河。

在萨凡纳遇见最美机场

一

确实是遇见啊,而且是偶遇。

萨凡纳(Savannah)不是我此次美国之行的计划内目的地。虽然,她和我要去的亚特兰大同在佐治亚州。

然而,一头撞进萨凡纳机场的温柔乡里,纯粹是误机误出来的美丽啊。

二

我的行程是香港飞芝加哥转机至亚特兰大。

香港飞芝加哥十六个小时,准到不能再准地准时落地芝加哥。待四小时后(当地时间下午5∶50)转机去亚特兰大时却被通知延误三小时,说是天气原因。天气很好不是吗?

然后,说好延误三小时的航班竟然取消了,芝加哥要留客啊。

人生中第一次遭遇航班延误后取消,当一个人在举目无亲的芝加哥机场，英语还是很蹩脚那种，一下子便有点慒。

想起今年上半年广州飞青岛那天。我上午9：00就到了机场，11：20的航班，一再通知延误，到傍晚18：30才登机，21：30才到青岛机场，22：30入住酒店。好在，在机场的九个小时里，看了半本书。在其后的几个晚上把整本书都看完了，还写了一篇书评《爱的书写，美丽动人——重读〈我想遇见你的人生：给女儿爱的书写〉》。

三

打算改签后，在芝加哥机场等候时看完一本书，然后写一篇书评的念头马上就被掐断了。

美联航（UA）的柜台前人头涌动，排了四个小时的队才轮到我办改签。美联航次日飞亚特兰大的航班全部没位，其他航空公司次日飞亚特兰大的航班全部没位，最快要后天才有航班飞亚特兰大。无奈，再问可以改飞亚特兰大附近的机场吗？

客服说，四十分钟之后马上起飞往萨凡纳（距离亚特兰大三个小时汽车车程的城市）的航班要坐吗？

好啊好啊，我忙不迭地答应。

萨凡纳是佐治亚州历史最悠久的港口城市，有着独特的城市建筑及历史街区风貌，也是1996亚特兰大夏季奥运会帆船比赛的举办城市。在萨凡纳来个两天一夜游之后再去原定目的地亚特兰大，也是不错的安排。

时间紧迫，航空公司派电瓶车送我去遥远的登机口（芝加哥机场好大啊，好像有五个航站楼。此前是要坐机场内的火车才到此航站楼的，而这个航站楼又有不少于130个登机口），算是又累又饿后享受了一回好服务。

第二辑 我的青春 181

四

飞行两小时后就降落萨凡纳了,这一段倒是很顺利啊。

然后,被好漂亮好漂亮的萨凡纳机场吓着了。

以为自己闯进了一个充满复古气息的供人们休憩的广场:雅致的铁木长椅,古朴的大挂钟和落地灯,四周可爱的小商店,以及透过大大的玻璃穹顶洒落在树木上的阳光……

在芝加哥待过而没到过萨凡纳的朋友看到我发的萨凡纳机场的照片,感叹:简直就是艺术馆啊,太美了!这么美的机场,太少见啦!

确实啊,在美国逗留过的旧金山、洛杉矶、芝加哥、亚特兰大和纽约机场,印象中都是大、现代而已。而萨凡纳机场的美,是值得用雅致、精致、古雅等词来形容的,如浅笑、妩媚的小家碧玉。

五

萨凡纳机场的美,还体现在合理且人性化的功能区设置上。在这个美丽的候机厅的一端,通向办理登机手续的区域,那里还有一个小展览馆,另一端通向安检和登机口区域,下一层楼梯之后是取行李区域和机场出入口及停车场。

萨凡纳机场连外面的停车场,停车上落客的区域都布置得很美,而且都有连廊,让出入的人都不会被雨淋着。

这样的功能区安排,送机的人便可以一直陪着乘客坐在候机厅里直到其登机了才离开,而不是只能送到门口或送到安检口前就必须离开——这是最人性化的美丽。

如果要说美中不足，我就挑一下刺。走进机场里的星巴克，要了一杯抹茶拿铁和一块蛋糕，竟然不提供马克杯啊，都是那种外卖用的纸杯。让一向去星巴克必用马克杯喝咖啡的我的休闲心情，稍稍打了折扣。

六

回国后，在离开了萨凡纳二十天后的夜里。

半夜里左小腿强烈抽筋，解除之后，还是有点疼痛，没能马上入睡。

躺在床上，不由自主地想起萨凡纳。

有时候，在遇见特别好的美好之前，总要受一点点苦，或者一点点伤。

而萨凡纳的美，机场只是开始。她的风情万种，不用多想，只需要一点点时间就可以静静地流泻于笔端的。

然而，接下来的二十天，将会忙得只剩下没日没夜了（忙到抽筋都发生了不是么）。

可惜啊，时间——很多时候并非如大多数女人的胸那样，挤一挤总是有的。

2017 年 8 月 27 日，于东莞

距 离

一

在人群中多看了一眼的那一瞬,已然一光年。

可是,有时候,距离不仅仅是空间上的,也是时间上的。

人生的奇妙之处就是你永远不知道下一秒会遇见谁,那个谁还要改变你的人生。

二

我与你之间,隔着一部手机的距离。

似乎是夜深人静时才有空聊天。有时有趣,有时沉重。

看着手机屏幕,想象你打出这行字的心情,想象你笑的样子。然后,会心而笑,甚或大笑,长叹,甚至流下眼泪。

可是,单凭想象力去爱一个人真的好吗?也许只有柏拉图他老人家不笑你。

你说:没人会笑,因为,我们都是命运的傻子。

三

有一天，第一次发觉冷冰冰的手机屏幕也是可以有温度的——当竟然是傍晚时分你的文字突然出现的时候——当自己还不能下班，要去处理一项十分棘手的工作而你的表示关心的文字突然出现的时候。是的，你的问候给我力量。

正如我说我害怕雨一直下的夜晚。你说：不怕，有我在啊。我真的就不怕了。你的文字，有一种让我安稳的力量。

可是，真的不该经常熬夜啊——对眼睛不好。

有一天，手机突然黑屏了。心里竟然无比慌乱起来，只是因为担心，跟你的聊天记录，从此消失。

四

在一个情绪低落到极点的白天，我跟你说：

你可能无法理解：什么事都认真干好，有些甚至干得漂亮。然后，还是不知道日子如何过下去。一种很空很空，空到发虚的感觉。

你说：可能吧。人都有空虚时候，找不到存在感。活得痛快，当然很好，不痛快时，又该如何？我们打发不了岁月，反而让岁月打发了。

当晚重读王小波时，竟然发觉他在《思维的乐趣》这篇文章里的一段文字跟我发给你的自己的心境竟然这么接近。

王小波：我相信这不是我一个人的经历，傍晚时分，你坐在屋檐下，看着天慢慢地黑下去，心里寂寞而凄凉，感到自己的生命被剥夺了。当时我是个年轻人，但我害怕这样生活下去，衰老下去。在我看来，这是比死亡更可怕的事。

你说：好吧，你离王小波不远了。是好事，但更是坏事。

五

英国女作家伍尔芙说：成为你自己比什么都重要。

你说：你若自我，就一直自我。其实，人生没有回头路，每一步，都算数，哪怕是走错的路。

想起电影《一代宗师》里的台词：都说人生无悔，那是赌气的话，如果真无悔，该有多无趣啊。

六

思念，是一种病，跟一场熬了五六天仍无法彻底痊愈的感冒十分相似。

全身乏力，没有斗志，偶尔脸色潮红，只是不至于卧倒在床。只是，该干什么还得干什么。只是，不知道干什么才好。

有风吗？如果有，我已在风中凌乱，不堪。

七

竟然会梦中遇见啊，当是没彻底熟睡的想象吧。也不必求教弗洛伊德了。否则，遥远的只是远远地见过一次的面目如此模糊的你，何以能清晰地出现在梦中。

醒来后，恍惚了很久。想起一个文字特别好的朋友写过：如果当然没有如果，或者真的不是或者。只有这句才能最恰当地表达自己的感受，而自己是断断不会妥帖地表达出来的。于我而言，文字，有时候很无力。

那一年，断言了一个灾难。这一年，又不由自主地陷落。"衣带渐宽终不悔，为伊消得人憔悴。"

八

终于可以近距离地见面了。

所谓"念念不忘，必有回响"，是一种异常温暖的安慰。

是因为知道我已经等待了一小段时间，所以你以最快速度出站吗。你一个人出现在偌大的高铁站到达口，我静静站立，看着你越走越近，心生欢喜。脸上，只是淡淡的微笑。

开车送你离开时，你下车，在车窗前道别，转身往高铁站候车大厅而去。然后，在进门前转过身来，看我。我的感动如潮水汹涌，怎么也不愿意离开，正如不愿意时光流逝。

九

竟然可以又一次近距离地见面了。

那天高温，我在太阳下耐心地等你，在滚滚人潮中一眼就看到了你，这种感觉其实很奇妙。

送我离开时，你叫了出租车和我一起到城轨站，为我买了一瓶水，陪我进候车大厅等半小时后才开的一趟车。

天气真热，冷气似乎完全没有作用，你的衬衫，逐渐被汗湿透了。

检票进站的时间到了：纵然我在自动检票机前如何磨磨蹭蹭，还是要进去了。转身，你在十米外静静站立，看我。我的身前是栏杆。我没有挥手，也不想让你见到我的眼泪要流下来，便不舍却决绝地转身过安检。

当我冲向那些空旷的地方试图找你：到处都是屏风啊，完全看不到门口，以及我们刚才站立过的地方。

+

无力感，都是缘于距离而产生的吗。

即使是见过了面，依然消除不了无力感。当觉察到自己对你确实越来越过分刻意关心了，很不应该。每天都痛恨自己。

在我的经验里，过分用力的事情，结局往往不好。何况，那些没有结局的结局。

我深知：世界上最遥远的距离就是——每一次见，都可能是最后一次。

2017 年 8 月 12 日，于美国亚特兰大

有一种爱

一

有一种爱叫作擦车而过。

我史无前例地摇低车窗,你放慢车速侧头看过来。只是,我不忍看你的发线有了白雪的痕迹。

滚滚车流中,遇见并确认是对方,也不是容易的事。

那日的黄昏像往常一样没有念想。我慢慢地拐弯,你静静地停驻。摇低车窗的一刹那,我忘了凝视你的双眸。纵然地球停止了转动,我仍然听见风在呼呼飘扬我电光火石般的心跳。岁月没有流逝你微笑的温暖,可惜总是点燃不了我那一年飞蛾扑火的勇气。

又一次擦车而过,也是黄昏。我眼前一亮,你的车慢慢滑行,然后停在我右前45度角的旁边车道上,一起等红灯。是的,愿绿灯不要亮起,愿地球忘记了转动。仿佛过了半个世纪,绿灯亮了,我迅速启动并左转,把我的车的背影甩给要直行的你。在十字路口,后视镜里垂直着你的车身。是的,没有交集就是最好的相遇,正如白天不懂夜的黑。我心里的灰霾和躁郁暂时远去了，内心安宁的感觉真好。

无数次想起电影《一代宗师》里的台词"念念不忘，必有回响"。再次遇见，是因为思念太深。一定是的。

每一个微雨下着的深夜，被浇湿了的马路延伸着无穷的黑暗。思念，没有尽头。

二

细细凝视媒体上你的面容，岁月催人老啊，你还瘦了。幸好，你的声音再一次让我欢喜感动后淡定从容。

即使我说过，我不想说，曾经在我最美好的年华里遇见了你；我只想说，任何时候如果能重遇你，才是我最美好年华的开始。即使夕阳西下，即使华发早生。

我也是没有勇气去见你的，见面了还能说些什么。当时间流逝了很久很久，当你已老去，而我也不再年轻。

法国电影《这个杀手不太冷》里有句台词：我认为最深沉的爱，莫过于分开以后，我将自己活成了你的样子。

三

我知道啊，极端向往自由的人，可能是最不自由的人。正如有些爱的自由会受道德藩篱的约束，有些追求理想的自由会被琐碎的生活所牵扯。

那一年，你说：每个人都生活在一张硕大的网中，这张网不是你想挣脱就挣得脱的，正如我喜欢你却不能对你说。

黑暗中有一丝光亮，那是你看我，刹那亮了的——眼神。

可是，总免不了告诫自己：有些爱一开始就必须结束，有些爱放手了就很难重拾，爱得有尊严比爱情本身更重要，生命中有太多缺陷和遗憾，强求无怨无悔没必要也不现实，真心付出、忽略回报，无论遭遇多少伤害、挫败，可以再三回味隐痛、孤独，也不要丧失对生活的热爱……

　　正如李开复说的，是的，人生有很多事情并不能完全如你所愿，但是，当我们接受了某种决定的时候，就要学会随遇而安。

四

　　以为人生最艰难的时刻自己都挺过来了。其实，更艰难的时刻才刚刚开始，慢慢逼近。

　　上帝说的吗？你若思念谁，总有一日也会得那长期困扰他的病，受他在受的苦，这样你们的心借此连接了。

　　而关于疾病的隐喻，我总觉得有很多种。当把一共十四天的西药的最后一天药吃完，陡然松了一口气，即使病未全好，自己觉得权且可以不去看医生了。而中药倒是吃完几副就接着看中医，然后再吃几副。如果能细细地觉察到身体向好的变化，就像二十几年前那坐着所谓直快列车四十个小时之后到达目的地，一直没有错过窗外的风景，如画。

　　某一天突然间就醒悟了：疗愈伤痛的有效方法，一种是大量的体力劳动，另一种是大量的持续的体力劳动。

五

　　总有一场雨不期而至，浇湿我的心。哪一夜梦见你，醒来都是冰冷雨水浇湿我的眼。不懂掩饰饥渴的思念，只是年少时无法预见这种折磨会如此灾难深重。

当年，大段大段地抄写贾平凹的小说《带灯》里的文字，其中有一段：是的，有时消失是最好的爱。我知道浩瀚是纤纤清泉汇聚而成，天的苍茫是我们每人一口一口气儿聚合而成，所以我要做一滴增海的雨做一粒添山的尘。但还是想凭天边的白云向你遥遥致心。

　　昨天，今天，台风没有掠过这座城市。而雨，却一直一直下。

　　从此，一切都被雨水冲刷干净了，一种爱，一个名字，一个日子，一些岁月。

　　昨天，再也不会重来。

　　天地间，只余白茫茫一片。

2017 年 7 月 18 日，于东莞

父亲的背

一

在我的记忆中,父亲总是很信任和尊重我的决定,即使在我很小的时候。

要命的是,我总是有很多自己的决定,不管是在我很小的时候,还是我长大以后,甚至我当了妈妈的时候。

比如读书选学校,比如大学毕业选单位等,都是不按牌理出牌。

那个小学升初中时考上县重点中学只待了一周就跑回镇里的中学就读的事已经写过了,详见我的微信公众号文章《我的1986》,而大学执意要去数千里之外的天津上,大学毕业后不回已定好的湛江的法院工作等一系列故事,还没有勇气写。

写一写我六岁时自行决定从幼儿园辍学回家及之后的故事吧。起码,那一年,是我离父亲那么那么近的一年,是能趴在父亲的背上回忆满满的一年。

依稀记得1980年,也就是我六岁那年。因为此前上幼儿园半学期就不愿意继续去了,所以我就闲在家。家里虽然有保姆,但是她主要是被请来照顾我那不到一岁的小妹妹的，没有义务管我的诸种调皮捣蛋行为。

　　有时候，父亲见我爬高蹿低蛮危险的样子，就总是说那句：小心啊，摔下来不轻啊。而我总是不以为然。

　　直到那一天，我摔断了左手臂，趴在地上，整个左手像灌了铅一样沉重，怎么样也抬不起来的时候，我才真正理解了"摔下来不轻"的真正含义。这种感受一直刻在我心里，乃至读大学时，教我们《形式逻辑》和《美学》的邢教授说"经验经过教训才会刻骨铭心"，我就一下子想起这种感受了。

　　可是，我此后的人生，还是不可避免地一次又一次地让教训变为经验。

二

　　手臂是如何摔断的？那时候，我家隔壁的镇工商所有一台电视机（当时有电视的单位或家庭着实不多），我爬上那高高的窗户（窗台离地面约有1.4米高，印象中是我央求保姆把我托举上去的）看电视。后来看得太投入，就跟着电视里的人跳起舞来，手就不记得抓住窗棂了，就掉到地上，摔断了左手臂。

　　正确的说法也许是，手肘断了，手腕的某些部位粉碎性骨折。不幸的是，我被误诊了。家里请来的医生的治疗方法就是每天外敷草药以及猪蹄炖草药口服。大概持续了两个月，吃猪蹄吃到吐的我再也不肯吃了，而伤却未痊愈。父亲带我去医院拍片，才知道此前被误诊了。走错了路，当然是到不了目的地的。

　　父母慌了，到处去找医院和亲友请教。很快，父亲带我从廉江坐火车到骨科很著名的广西玉林市去寻医问药。

　　第一次坐火车，第一次去外省，是否有新鲜感我真的不记得了。印象最深的是，父亲每天背着我穿梭在医院到旅馆那些冷清的街道上。父亲的背，宽厚，敦实，温暖。

有时候，我哭。应该说，很多时候，我哭。因为手臂痛，以及想着不一定能医得好的恐慌吧。

为了安抚我，父亲给我买了双漂亮的花布鞋。我真的记得啊，那双橙色布面、黑色斑点纹的花布鞋。

各种检查，漫长等待之后，终于等到治疗方案，专家说要做手术上钢板螺丝。

我哪里来的主见啊，跟父亲说坚决不做手术。

父亲说："如果治不好留下残疾，你以后长大了嫁不出去不要怪爸爸呀！"我竟然异常刚毅地点了头。那么小就得为自己以后的婚姻大事负责了，我容易么？

父亲没有勉强我，而是尊重了一个六岁小女孩的选择。他带我离开广西，马上又千辛万苦地找到廉江郊区最有名的民间骨科医生给我医治。

三

在民间医生给我医治的过程中，我又激烈地反抗了一回。

按照医生的治疗方案，必须把我的手臂先踩断，再重新接回来，用一段时间药，手臂就能彻底好了。

几条大汉分别按住我的手、脚和头，让那个两百斤重的医生硬生生地踩我的左臂。不打麻醉的，该有多痛啊。

据说要踩十脚的。最终熬不了十脚，我竟奇迹般地挣脱了他们，坐了起来。他们也被我的刚烈和疯劲惊呆了吧，也不再勉强我，给我包扎、用药。此后不久，手臂倒是基本上好了，可以回家了。我还记得，留在那里医治的每天，那个医生的儿子给我换绷带换药时，我都是恶狠狠地盯着他，继续生气。

不给踩十脚彻底踩断的结果，就是直到现在我的左手臂屈到肩膀时还是不如右手自如，甚至有一点点摸不到。幸亏，没有影响到长大以后嫁人。

这一役，以为就是人生中最痛的阶段了。其实，原来只是开始。生命不息，疼痛不止。

这一役，倒是把力气都用尽了。此后的我，真是无比娇弱、没有力气的样子，连开会时要喝矿泉水都是要劳烦身边的男士帮忙拧盖的（至于中学时跟男同学打架缘何那么有力气，那得另一篇文章再探讨）。如果有人笑我何以没有力气到如此这般，我就厚颜无耻地回答：是啊，我只会用脑子。

四

从那以后，倒是没有机会趴在父亲的背上了。即使多痛。

现在，父亲老了，而我也不再年轻。

除了衣食住行嘘寒问暖，父女之间的交流是有限的。

父爱无言，大爱无言。

最难忘的是每逢出远门回来那天，总是一下飞机就接到父亲的电话，好像他在掐着时间希望最早知道我平安抵达（又或者，在我落地开机前他打了好几遍）。

回首流逝的岁月，天性叛逆又很有主见的我离经叛道的事似乎干得不少，父母默默守望着我的折腾、成功、挫败和受伤，总是信任、宽容着我的每一次人生抉择。

那一年，因为不能去爱一个人，而觉得自己失去了全世界；因为生活出现变故，如从云端跌落，认为自己伤痕累累；从没有最艰难只有更艰难的际遇中继续坠向未知谷底，除了恐惧还是恐惧；在琐碎繁杂的日子里觉得乏味透顶——多想趴在父亲的背上哭一场啊。

但是没有。

而父亲，看着情绪低落、沉沦了一年多的我，还是忍着不追问我痛苦的真相和细节，只是问，"你还没想好以后的日子怎么过吗？"

有时候，想到自己竟然要让年迈父亲忧心了，心里就如窗外的暴雨那样霎时滂沱。

李开复说："我相信，只要生活在世间的人都明白，在遭遇人生重大危机的时候，只有亲人会不离不弃，并且给予你坚定的支持。这些支持就如同氧气一样给你生存的养料，给你恢复元气的力量。"

是的。永远有多远，什么都不算什么。其实，父亲的背，依然宽厚，敦实，温暖——永远在我心里，让我依靠。

所以，那个当下我们以为迈不过去的槛，一段时间之后回过头看其实早就轻松跳过；那个当下我们以为撑不过去的时刻，其实忍着熬着也就自然而然地过去了。所有没能打败你的东西，都将使你变得更加强大。时间也是，它没能打败你，便会给你救赎。

2017年6月18日，父亲节，于东莞

有一种惊艳叫作邂逅
帕卡马拉（Pacamara）咖啡

在我几乎每周都在微信朋友圈里晒在星巴克喝咖啡的图文之后，天上掉下了一个有国际认证资格（CQI）的咖啡品质鉴定师（以下简称"咖啡师"），带着他的咖啡壶和上好的咖啡豆，亲自手冲咖啡给我们品尝。

晒朋友圈的好处，需要大书特书一下。比如晒爱看书就有朋友赠书，晒爱看电影就有免费电影赠，晒爱看话剧也偶尔获赠门票……总之，一下子很多东西都不要钱就是了。哪天，我要晒一晒喜欢开篷跑车，红色的，不要太贵，Z4就好——也会有免费的吗？

喝惯咖啡大路货的我，完全不受经验局限，倒是一下子就能感受到好的"斋啡"的无限魅力。像我这种装着有点懂品尝咖啡却有很多对咖啡的好奇的问题，还懂很多咖啡之外的话题的"菜鸟"，是很容易深得咖啡师欢心的，相信他以后会经常来冲咖啡，或者，也许会假以时日耐心地把我培养成咖啡师，还要是很有情怀的咖啡师。

"斋啡"，上海人称"清咖"。记得在电视剧《双城记》里，"马伊俐"的未来上海婆婆说，我只喝清咖。那份优越感，似乎因清咖而变得与生俱来似的。我想我能理解,那些爱咖啡的人,确实会把喝清咖当成一种美好而优雅到可以不经意地去炫耀的生活方式。

也许是因为我前几天跟咖啡师提过,我有一个朋友十分痴迷埃塞俄比亚的咖啡豆。第一杯,我们喝的是瑰夏(Geisha)。据说,瑰夏的种是在1931年从埃塞俄比亚的瑰夏森林里发现的,后来在肯尼亚、乌干达、坦桑尼亚、哥斯达黎加和巴拿马等国家种植,因为产量极低,可以说来之不易。

每一种咖啡豆在冲之前咖啡师都是让我们先闻。闻和喝的感受确实是不同的。瑰夏,闻起来有新鲜的青草香,和大部分咖啡豆不具备的淡淡的乌龙茶特有的奶香甜味。而喝起来,我感受到玉石般的温润质感了,尤其是喝出了明显的橙皮的味道。我傻傻地问了咖啡师两次,怎么会有橙子的味道,难道是每棵咖啡树旁边都种了橙树吗?他笑了,对我的品尝感想甚为满意。

其实,那些很懂咖啡的人都知道,瑰夏是一个可以运用大量形容词来赞美味道的咖啡:干香气非常上扬明亮,有着玫瑰和茉莉花香的特质,还能带出蜜柚以及柑橘香味,浅烘焙有坚果香气;湿香气同样有榛子味道,并且涌现出更多的花卉特质。口感风味方面,前期与之前上扬的香气相比可能稍显温和含蓄,稍冷却一点,花果风味伴随着温度下降逐渐上升,冷香异常出色,甜果脯、玫瑰果、橙柚酱、草莓果酱、丝丝松木味、樱桃、香草、玫瑰味渐渐退去,可以导出柠檬味的果香。

一杯瑰夏,让我稍稍怀念起晚春在青岛奥帆中心喝青岛啤酒的场景了。其实,依我看来,啤酒不能算酒啊,不过是飘着麦芽香味的饮料。求一醉方休是不能如愿的,最多就是微醺。如果有风,一定有风,我已是凌乱不堪。

第二杯,我们喝的是帕卡马拉(Pacamara)。

据说，帕卡马拉是 1950 年代在萨尔瓦多发现的帕卡斯（Pacas，波本种的突然变异种）与巨型豆（Maragogype，象豆，在巴西发现的弟比卡种的突然变异种）的杂交种，在萨尔瓦多、洪都拉斯和尼加拉瓜等国有种植。

萨尔瓦多是中美洲面积最小的国家，拥有几十座火山，是世界上火山密度最大的国家。全国平均海拔较高，这样的地理环境十分有利于咖啡生长。萨尔瓦多仍采用最传统遮树荫的方式栽植，对咖啡的提香有正面意义。

闻起来，帕卡马拉较之瑰夏更香醇，有热带水果和淡淡的巧克力香味。喝起来，惊艳了我的并不是她的被大多数人认可的果香和浓郁口感，而是，而是——那么温和，那么柔和。芳香的味道略带微微的酸味，却夹杂着美好的甜度；纯净，纯净得可以用没有杂味去形容；换一种说法，一种无法言喻的绝佳的味道平衡度；入口非常细腻丝滑，清澈柔美的果酸从舌面滑过，咖啡在口中那种绵密的感觉，如同奶油巧克力般顺滑，让我的心只体味到安静柔和。

继续惊艳我的是，帕卡马拉咖啡喝完之后很长一段时间内仍然拥有香浓的味道，悠长的余韵。

我拒绝了继续品尝第三种咖啡豆，留待改天再享受。我不能让幸福来得太猛，贪婪不是好的品质。在我的经验里，过分用力的事情，结局往往不好。何况，那些没有结局的结局。

我马上就体会到自己的决定是多么英明了。当我喝了两口水，嘴巴里有我意想不到的甘香满溢开来，带给我无限惊喜。其后的两小时里，回甘持久，喉韵悠长。这种绵长的甘，让我的心一直安静柔和。

把帕卡马拉咖啡写得这么好，下次遇上更好的怎么办？也是可以写的，一个题目蹦了出来：《没有最好，只有更好》。我一向都是假装很热爱生活的样子,总是不遗余力地欢呼眼前的美好。能装,也是本事,不是么?

          2017 年 6 月 9 日,于东莞

我的 1986

一

极少出席同学会的我,在 2016 年圣诞节期间去了广州南沙参加初一同学聚会。

这个聚会可以定义为蹭来的。

因为,实际上,三十年前,我和他们同班的时间只有一周。也就是说,我和他们只是匆匆打了个照面便离开了。然而,竟然会有人将我记住。

——这种感觉,无法清晰地用言语来形容。

最能想到的是电影《一代宗师》里的那句台词:世间所有的相遇,都是久别重逢。

二

那是 1986 年。

1 月 6 日,美国《时代》周刊选邓小平作封面人物。

1月28日，美国航天飞机"挑战者"号爆炸坠毁，7名宇航员全部罹难。

2月17日，亚洲开发银行理事会通过决议，接纳中国为会员国。

3月9日，中国历史上最大的辞书《汉语大字典》编纂完成。

4月，美国空袭和封锁利比亚。

5月9日，崔健首演《一无所有》。他后来被誉为中国摇滚第一人。

5月31日，第十三届足球世界杯在墨西哥开幕。

6月7日，中国政府抗议日本新编历史课本歪曲日本侵华史实。

6月28日，邓小平谈改革政治体制，增强法制观念。

6月30日，中国和葡萄牙举行首轮关于澳门问题的会谈。

9月9日，国务院颁布改革劳动制度的四项暂行规定。

9月20日，第十届亚运会在汉城（今首尔）开幕。中国获94枚金牌，居第一位。

10月28日，心肺同时移植首次在西班牙完成。

10月31日，我国"极地号"科考船开始环球航行。

12月，日本通产省公布"人类新领域研究计划"，即第五代人工智能电子计算机计划。

三

那一年，我十二岁。

之所以要强调这个年龄，是因为现在的我认为十二岁是进入青春期的起点，一些看似不可思议的决定如果到现在也百思不得其解，也许可以用青春期体内的荷尔蒙变化的原因来解释。

比如当年考初一时，我作为安铺镇唯一考上县重点中学——廉江中学的学生，只在廉江中学开学军训几天后就自作主张回到镇里的安铺中学就读了。

又如，我考入廉江中学之前的名字一直是爷爷给起的名字"陈玉宇"，到初二时我自作主张改为"陈逸影"。

有时候我会反思，自己经常做一些说不清理由的事，太过率性，也是性格缺陷。

最近，这种思维被韦伯的结论狠狠打脸了！

很多时候，我们总认为我们的感觉和意识无法捉摸，不可测量。但是德国生理学家韦伯在19世纪初做的"最小可感觉差别"实验却告诉我们，物质世界和精神世界之间有着非常清晰明确的反应关系。韦伯的实验至少告诉我们两点：第一，感觉可以测量；第二，感觉有时候是不靠谱的，是会骗人的。

原来，我们看到的和感觉到的现实世界并不一定是真实的世界，我们看到的和感觉到的世界是会骗人的。

所以，我一直坚持的我的某些决定是没有来由的，也许只是我没有勇气面对的托词。

那时候，最喜欢的名言是但丁的"走自己的路，让别人说去吧"。

四

聚会时。

我们围着餐桌而坐，和我熟络的两个同学向过来敬酒的每个同学专门介绍我这个当年的逃兵。因为不介绍，当然认不出我是谁。当介绍了,他们倒是想起了,毕竟是曾经传说过的同学啊。

三十年啊,不仅仅是他们和我之间,他们之间有部分同学都是第一次再度相聚。我们一起唱《掌声响起来》《每当我走过老师窗前》《光阴的故事》和《明天会更好》……四个男同学表演的《天鹅湖》引爆全场。

坐在我身边一直很照顾我的剑虹同学当年也是很照顾我的。她是我同宿舍的,在我回了安铺中学之后还保持书信联系和互访,她至今还记得我家当年的街道门牌号,好令人感动。她跟我一起分析了一下我当年脱逃的几个原因:第一次离开父母在校寄宿不习惯,本镇没有别的同学考上的孤独感,来自美食大镇的人吃不惯学校饭堂,我在廉江的阿姨炖汤送来学校让我觉得自己搞特殊了很尴尬……

后面两条原因让我很震撼。不是吧,我年少时那么不能吃苦吗?要知道,我年长后倒是很能吃苦啊。不要跟我说,出来混迟早是要还的。

五

当年,虽然我跟他们没有同窗三年,但是,还是跟他们中的一些人和事有所交集。

当时我所在的初一(4)班的四名男生,后来成为我的高中同学。记得高一时,我是班长。虽然我初二起就改名了,但他们还是兜兜转转地知道了我就是那个曾经在廉江中学1986级初一(4)班和他们同学过几天的人。人红,就是有这个好处啊。

我跑回安铺中学后遇见了自己一生中最好的语文老师(现在

是湛江市一所著名中学的校长)。那时候，大学刚毕业的他不仅课上得好，让我们充分感受到语文之美，还和我们打成一片做朋友。我最受益匪浅的是，总是能从他那里借到一摞摞中外文学经典，让我如饥似渴地阅读，也激发了我热爱文学和写作的心。借来看过的书，记忆中印象最深的是英国作家毛姆的《克拉多克夫人》。他只教了我们一年，就因为太出色而被挖去廉江中学了，正好教升上初二的我的那届同学。

隔壁班的女神学霸班长戚彩，是我小学一至三年级的同学，这次南沙聚会前不久她才知道我曾经有那么几天是她的初中同学。她的经历蛮传奇的，北京名校毕业进入外交部工作五年后辞职到美国念MBA再之后到香港工作、生活。这一届同学，有好多个，事业上的成功是让我们只有仰视的份儿的。

廉江中学文学社高一届的师兄黄刚，是我的第一个笔友。后来我们还见过好几次面，甚至去廉江跟他一起参加市歌唱比赛。印象最深的是有一次我和我小妹一起去他家，他怕我小妹受凉，找出袜子让我小妹穿上。因为我没有兄弟，黄刚一直让我有仿佛是我哥哥的感觉。

……

六

在历史的长河中，一个人的一生是何等渺小，甚至连小小的浪花也算不上。

而在一个人的生命中，看似不经意的决定，却可能改变所有的路。

一鼓作气，再接再厉，坚持到底。我年轻时，没做好。

然而，我的 1986，没有悔恨，定格了些许遗憾。

最近写文章，很多时候都是写别人的故事。终于有勇气写自己的故事了吗？不不不，我哪有故事啊。如果有，那也只是小事故。的确是小事故。

2017 年 4 月 18 日，于东莞

天堂里有歌声悠扬吗

一

清明节。

犹记得您的音容笑貌,虽然已逝去了十九个年头。已经这么多年了吗?日子,倒是过得太快了些。

这样的日子,道是有晴却无晴。即使没有雨,心早就湿漉漉了。如果有风,我一定凌乱不堪。

深切怀念。喟叹人生太多的措手不及的缘起缘灭。奈何,奈何。

二

前段时间整理旧照片时,看到您了,有些是唱卡拉 OK 时拍的。那时候,卡拉 OK 在中国刚刚兴起,也风靡了这个城市。您爱唱,也唱得不错,是民歌或美声的风格。

后来,我们劲头特别大,还交了学费一起跟梅娟老师学唱歌。这两年在合唱讲座,一起上电台做节目嘉宾聊合唱之美时都见到多年没见的梅老师,她也老了不少。只是,见到她就想起您了,忧伤就不由自主地爬上心头。

三

在我刚大学毕业来到这个城市时,您给我买的书桌,至今还放在我妈妈家我曾住过的房间。

虽然搬了几次家,虽然有了跟家居风格更匹配的新书桌。而那张书桌,一直是不舍得丢弃的。

每见到一次,伤感就多一份啊。

其实,更多时候是不敢刻意去看的啊。

四

怀念您离世前一起度过的四年时光。

印象最深的就是守着电视看央视的歌舞晚会。那时候广东乐坛很鼎盛啊,您喜欢毛宁杨钰莹,我觉得林依轮高林生也不错。那时候我们最看好的那英田震孙楠,等等,后来他们果然红得一塌糊涂。只是可惜,您看不到了。

您没有看到的,央视后来搞了个栏目《同一首歌》,每期都有好听的歌啊,节目形式也是您喜欢的类型。

好多次,在偌大的客厅里,陷在角落里宽大的布艺沙发里,看着《同一首歌》,听着您喜欢的旋律响起,怎么都不愿意相信,您怎么就已经不在这个世界了呢。然后,心就不由自主地虚空起来,是那种尘世间的好多东西都是无法把握的感觉。

再后来,就基本上不看电视了。

五

从您病倒到您离开,也不过是两个月的时间。中间还请广州的专家来做了手术,病情好转。所以我们都是以为结果是出院回家的啊。进了 ICU,我也坚信您会出来的。

您在 ICU,一直昏迷。医院不允许我们晚上去陪护了,才怀念起此前的陪护虽然辛苦却是幸福。在家,也是很难入睡的,一遍又一遍地听田震的《执着》。

眼睁睁地看着您离开,我的人生,从来没有这么近距离地面对死亡。那种无力感,伴随着我,直到如今。

六

以前,一起听歌的时候,我经常说,其实那些最美的歌,都是简单、朴素的美。

比如,《我的祖国》里的"一条大河波浪宽,风吹稻花香两岸"。

生活、美好的情感也应该是简单、朴素的。这些年,我往往是知易行难。

祈求天堂里有歌声悠扬,就像我们在陪伴您。

2017 年 4 月 3 日,于东莞

倾听者

一

半个月前的那个清早,微信上弹出四年前只见过一面的在外地的你的语音留言,想跟我约个时间跟我说说你面临的重大难题。

刚好那天有两个讲座和一场电影,所以我们通电话时已经是晚上十点。

你说因为读我的朋友圈文字,觉得我爱读书爱美食爱旅行爱电影爱话剧,是很懂得生活的人,是很乐观的人,所以很想听我的意见。

原来我会给人这样的错觉啊。真实的情形应该是,有多少能在朋友圈发得出去的金玉其外,就有多少发不出去的败絮其中啊。国人都爱面子,软弱的或者丑陋的里子是断断不会往外翻给大家细看的吧。

备受打击的你难得还能叙述得如此有条理啊。不管是最后一个知道,还是此前已经隐约觉察,当这样的真相切实摆在面前,打击都是措手不及的吧。

听完后我热泪滚滚，心中满是悲悯。很多事不是法律能解决的，甚至道德谴责也软弱无力。我无法说出更多安慰的话。在巨大的猝不及防的苦难面前，不能用"人生就是太多无奈"搪塞过去。

放下电话，我奔向书柜找出余华的小说《第七天》来重读，还是像第一次读那样心塞。余华在此书的封面赫然写道：与现实的荒诞相比，小说的荒诞真是小巫见大巫。

如果可以，我想把我的肩膀给你。即使，我的肩膀是这么孱弱。

二

做一个好的倾听者，很多时候不宜为对方作出价值判断。

在微信群上认识了不到两个月的你，第一次来东莞看我，竟然能如此坦诚地告知，你将在数天后结束自己的婚姻。

我始终觉得，向初次见面的朋友敞开心扉并不是容易的事。何德何能啊，竟然能得到你的如此信赖。

我知道，人世间的悲欢离合正如月的阴晴圆缺，决绝是一种选择，妥协也是。我本来想告诉你，我身边有些40岁至50岁左右的朋友，离婚之后不久就复婚了，还过得不错，他们说到了这个年龄对婚姻有以下感悟：不折腾，能凑合就凑合，过一天算两个半天。

可是我没有说上面的例子，只是忍不住问你，只有分开这条路了么？你是不是该多想想对方的好，以及在一起的好。

你接收到我的善意了。可是你还是说，已经考虑成熟了，也下定决心了。

你要去千里之外办手续。我唯有祝福，一路顺风。

三

有时候,我在微信群里发了红包,抢到红包的群友发了个表情符号"买酒去",我总是忍不住接话"您有酒,我有故事"。人家再问:"真的?"我就哑口无言了。

我哪有故事啊?如果有,那也只是事故。

我的印象里,有些人的过往,有多少威风凛凛,就有多少伤痕累累。

四

朋友们的故事,我要慢慢说。

不能让读者一下子太累。

已经有点沉重了,来一段鸡汤作为结尾也许比较好。

记得,每个发生在你身上的事件都是一个礼物,只是有的礼物包装得很难看,让我们心怀怨愤或是心存恐惧。所以,它可以是一个灾难,也可以是一个礼物。如果你能带着信心,给它一点时间,耐心、细心地拆开这个惨不忍睹的外壳包装,你会享受到它内在蕴含着丰盛美好、而且是精心为你量身打造的礼物。(摘自张德芬著《遇见未知的自己——都市身心灵修行课》)

2017 年 3 月 11 日,于东莞

我见青山多妩媚

一

早春，春光无限好。微风让人沉醉，空气中弥漫着草被剪过之后尽情拥抱阳光的味道。有一些改变正在悄然发生。

2017年2月28日始，我将暂别市司法局，到大朗镇的长塘社区挂职担任第一书记，为期一年。

大朗位于东莞市中南部，面积118平方公里，辖28个社区（村），常住人口32万。大朗有"九张国家级名片"，即中国荔枝之乡、中国羊毛衫名镇、中国电子信息产业名镇、国家外贸转型升级专业型示范基地、全国创先争优先进基层党组织、全国文明镇、国家卫生镇、国家生态乡镇、中国毛织文化艺术之乡。此外，大朗还是中国最大的科学装置——散裂中子源所在地、CBA首个镇级主场——深圳新世纪烈豹主场所在地。2014年，全镇实现生产总值186亿元，规模以上工业增加值87亿元，税收总收入27.4亿元，镇级可支配财政收入9.5亿元，全年实际利用外资2.2亿美元。大朗在中国综合实力百强镇中位居第54位，在东莞市位居第7位。

"我见青山多妩媚，料青山见我应如是。"

二

身边的、远方的师友们，请多多指教和支持。即使君子之交淡如水，我却认为交朋友千日，用朋友一时，相信你们能懂。

不用恭喜我第一次当书记啊。早就不是第一次啦，2006年12月至2008年3月，我在东莞市律师协会任党委副书记，此前任市司法局团支部书记也有七年；工作生涯的前半部分基本上都奉献给兼职书记大业了。

原来我是那么怕你们说我没有经验啊。我知道，很多时候经验都是好东西，注意不陷入经验主义就可以啦。况且，像我这般爱读书爱观察爱思考的人，即使没有经验，也有学习别人经验的能力。拿来主义，要好好运用。

我虽然有点聪明，却远远谈不上有智慧。但是，我必须好好利用有智慧的朋友的智慧。特别有智慧的人，我能理解你们的孤独，尤其是夜深人静时，或者众声喧哗时。

三

话说回来，当"第一书记"倒是第一次。听说"第一"不好当啊，已有不止一位提前知晓消息的师友善意提醒我。

长塘社区地处大朗镇中心区，总面积3.63平方公里，总户数1233户，户籍人口4913人，设1个党工委，共9个党支部，共有党员237人，其中长塘户籍党员166人、"两新"党组织党员71人。长塘经济发达、村民富裕，近年来却因土地纠纷等问题矛盾不少、不小。

不是去打架的啊。为什么有朋友担心我娇小玲珑肯定打不过。何况打不过还可以跑啊。何况已有远方的师友允许我跑去投靠，从此只做个无比纯粹的读书人。后路已有，后顾之忧无。剩下的就是：勇往直前，无畏艰险。

但是，困难是必须正视的。如果需要预设难题，我想到了一个比较宏观的视角：改革开放已然是新的阶段，在处理问题时是"效率优先，兼顾公平"还是"公平至上，兼顾效率"需要好好权衡，和取舍。

四

前天晚餐时母亲小声说，农村那些人有时不讲道理，你自己要小心啊，特别是说话要注意。我说我懂。放下筷子，眼圈红了。感恩父母，在我人生的几个作出重大改变的关口，你们一直给我最大的自由度和宽容度（即使你们不赞同），让我率性地过日子。而当我受挫了受苦了，你们只是默默地在身边照顾与支持，完全不记得责备我的各种不成熟。

母亲不是不知道，其实东莞早就没有严格意义上的农村了：极少农田，厂房林立，路网发达，商贸兴旺，每个村俨然一个小城市。只是，我也窥见了那些城市面孔下乡土社会的内核。

年轻时读莎士比亚，认为人性都让莎翁写尽了，再往后，都是旧瓶装新酒。这一年，我相信会品到味道各异的酒。

五

像我此等消极怠慢于人际交往的人，最近却被这么多朋友关注、关心、祝福着，无比感动，感恩。

那些年——读过的书,走过的路,遇见过的朋友,正式上过及旁听过的法学的、经济学的、文学的、心理学的和哲学的课程,请陪我厚积薄发一回。

无欲则刚,刚则易折,百折不挠。

愤青也好,文青或者伪小资也罢,我已准备好,和这个世界温柔相待。

远方的朋友说会来看我。好,等荔枝熟。

2017年2月27日,于东莞

我所爱的东莞

虽然不是土生土长的东莞人，却从未感觉自己是这个城市的过客。十年前在一篇写东莞的文章里说：所谓故乡，就是让你的心灵不再漂泊的地方。

二十岁起就在东莞生活，将近二十年了，用一种高调的说法，这是一个挥洒了我的青春、汗水和热血的城市。相应地，这个城市一定有我的欢笑、自得、疼痛和泪水。不管是怎样的回忆，总有一种温暖在心头，只是因为实实在在地走过那样的路。

林夕在他的书里说："我爱香港，但这种爱不能如爱情般连对方的缺点都爱上。"是啊，爱一个城市，肯定不会像掉进爱河里那般的心跳加速盲目赞美，反而更像是激情过后一份绵长、简单、平淡的相依为命，是左手握右手的波澜不惊，宁静清澈。

如果真要找这个城市的缺点，我想很多人都不能认同，竟然会有人给这个城市贴上一个"文化沙漠"的标签。应当承认，东莞确实不算是文化积淀丰厚的地方，也不是文化底蕴深沉的地方。但是我更看到，最近几年一些有识之士的努力，在"沙漠"上"植树造林"，东莞的文化味儿浓了起来。

今年9月28日晚上，看完这个月看的第四部话剧——根据老舍小说改编的《我这一辈子》，我在自己的微博上感叹："方旭的精湛表演为文化周末话剧月画上了完美句号！东莞的九月因为四场风格各异的话剧而显得无与伦比的美丽！"记得九年前，我把刚出生一个月的女儿让保姆一个人带着，自己跟家人一起去广州看濮存昕主演的话剧《雷雨》（据说濮存昕演完这一轮就不再演《雷雨》了，那时的我是由衷地冲动着要去看）。那时候真的没有什么机会在东莞看到话剧。虽然现在我的某些朋友还是偶尔要去北京、上海看那些不会来二线城市演出的话剧，但是我能感受到玉兰大剧院、文化周末剧场都在尽可能地引进高素质的剧目，甚至包含一些先锋派、探索性的小众戏剧，一点也不担心观众的欣赏水平。依我看来，真的不用担心，就像一千个人心中就会有一千个哈姆雷特一样，对艺术作品的体味，有时候处在一种不求甚解的状态也未必是坏事，如果能在某天的生活中突然灵光一闪醍醐灌顶，总是不枉曾经是那样傻乎乎地坐在剧院里的。

　　记得1996年前后，听过陈庆祥、李逸江等广东作家为东莞的文学爱好者开设的创作课程，听过杨宝霖先生面向社会的每周一期的古诗词讲座。这样的机会歇了好多年。直到最近三四年，文化周末大讲坛、东莞图书馆市民学堂、香市大讲坛、松湖大讲坛蓬勃开讲。我从事着与文化搭不上边的职业，却以一个不亚于媒体文化版记者的热情，放下假日的玩乐，差不多每期必到地去聆听莫言、余华、王安忆、刘醒龙、舒婷、苏童、叶兆言、杨照、张大春、林夕、梁文道、马家辉、周国平、林少华、麦家、秦文君和杨红樱等文化大咖们的雅言。同时，景仰着经常担任文化周末大讲坛嘉宾主持的谢有顺教授，乃至于把后半生的梦想寄托于能重返母校成为谢教授的学生。

　　有时候，翻翻厚厚几大本的讲座笔记，想想那些撼动自己的思想和言语；翻翻曾观赏过的戏剧的门票，想想自己是怎样完全忘掉纷扰烦忧和虚妄就那样静静地赴一场艺术的盛宴的美妙。于是觉得,这个城市有音乐、有诗,绿意盎然。

(本文荣获2013年"发现精彩·东莞美文"征文赛优秀奖)

有多少爱可堪回味

——读《东莞性情》有感

章子怡主演的电影《非常完美》结局很美——爱的人总会到来，金色的树林里苏菲重遇常瑞，牵手，收获爱情。

是的，非常完美。但这不是大多数人的际遇。

不完美时会怎样？可以怎样？

在东莞，一些没有收获完美爱情的男女，可以在咖啡馆或其他一些安静的角落，向一个感性又知性的女子尽情倾诉。

《东莞日报》"倾情"栏目开设以来，一直受到读者的追捧，成为《东莞日报》的名牌栏目。不难理解，在东莞这样一座年轻的经济发达的躁动之城，写东莞之"性事、情事"，容易激发读者兴趣。在城市熙熙攘攘的人群中，谁的心里没有故事？谁的心里没有隐痛？

可是，把故事说出来不是容易的事。很佩服"倾情"的主持人，不仅让他们说了，而且说得十分彻底，每一个故事都是那么曲折、详细，倾诉者惊人的坦白。然后，作者用缠绵而犀利的文笔，酣畅淋漓却又不动声色地讲述爱恨与创伤的故事。作者的倾听诚意十足，我相信那是获得倾诉者信任的法宝。偶有评述，也能做到在设身处地理解当事人困境的基础上客观、豁达地解剖婚姻、婚外情、错爱等等。

在将"倾情"栏目文章结集出版的《东莞性情》里，作者把这些情感故事分为"挠痒""纠结""错爱""非常态""背叛"和"竞技"等六辑，基本涵盖了错综复杂的各种情感形态，细腻地展示了芸芸众生的喜怒哀乐。其实在这本书之前，我就在《东莞日报》的"倾情"版陆陆续续读过大多数书中的文章，譬如《阳朔的悲情绝恋》《床笫间的政治骚扰》《说好天亮就分手》《坚强成了我的错》等等，也曾经为倾诉者的遭遇泪如雨下，而再一次阅读这些故事，很多篇还是让我唏嘘不已。

想起那句"世界上最遥远的距离，就是我在你身边，却不能爱你"，简直就是无数个爱情故事的注脚。我总是固执地以为：爱与不爱，其实没有什么博弈可言，硬要将爱上升到博弈的层面，换来的只有痛苦，但是总有人锲而不舍地在爱与不爱间权衡、斗争、焦虑。我十分佩服那些在错爱面前勇敢决绝地转身离去的人，也许，他（她）要用一生去忘记伤痛，却收获了尊严。

有多少爱可堪回味："此情可待成追忆，只是当时已惘然。"读完《东莞性情》，已是子夜时分。寒冬的萧索让人怅然若失。心中涌出马致远的《天净沙·秋思》："枯藤老树昏鸦，小桥流水人家，古道西风瘦马。夕阳西下，断肠人在天涯。"

（本文发表于 2010 年 1 月 16 日《东莞日报》A09 版"读览"）

浪漫的细节

今天是七夕,报纸上浪漫故事的征集,让我也沉思了一下。

有些温馨、浪漫的细节,在发生的当时是刹那的惊喜,在岁月沉淀中发酵成温暖心灵的美好记忆。比如我先生(当时是男朋友,尚未结婚)十四年前在东莞沙田镇独自坐船到省城广州给我买书作生日礼物的细节,在我就是终生难忘的浪漫记忆。

且看他当时的日记:

1995年6月14日,星期三。

凌晨两点起来看球,看到5点才结束。女足终于报了四年前的一箭之仇,以5:4战胜东道主瑞典,昂首进入四强。

早上在挂点锻炼的单位(位于东莞的沙田镇)没有领到特别具体的工作任务,于是打定主意上省城给小肥买好书。搭上九点的快轮,花了一个半小时到达广州大沙头码头。生平第一次搭轮船,刚上岸只觉地面起伏不定,脚步轻飘飘,走了几十米才恢复平衡。接着搭公交车上北京路。到北京路各大书店转了一圈,没有多少文学作品,于是决定去广州购书中心。冒雨到购书中心,书很丰富,精神为之一振,高兴了一阵,又不知挑什么书好,楼上楼下跑了半天,除了一套《杨绛作品集》就不知再要什么了。

出门找车回东莞，到家已是傍晚6点钟了。奔波了一天，终于可以一歇了。

日记中的"小肥"是先生对我的昵称。当晚他就把那套《杨绛作品集》送给我作为生日礼物。得悉他买书的经历，我特别感动：因为他在熬夜看球后还去广州奔波为我选书。其实东莞也有书店，但他觉得广州好书更多。因为他知道我那段时间迷恋钱钟书的作品，已经买了很多，就爱屋及乌地给我挑了杨绛先生的作品集。

这么多年我从未问他为什么去广州给我买书，但他辗转在广州各书店找书的行为深深打动了我。于我而言，书，是最好的礼物！

（本文发表于2009年8月26日《东莞日报》A15版"闲情"之"气态瞬间"）

和足球有关的风花雪月

足球作为世界第一运动,倾倒无数足球爱好者。我家先生就是一个铁杆球迷——我给他的自认为十分精辟的概括是:最爱的是足球,另一个最爱还是足球。

对我家先生而言,幸福很容易得到——譬如近段时间夜夜看欧洲杯次日对赛况赛果津津乐道,譬如每周都有场比赛让他们一班老大不小的足球先生在绿茵场上挥洒汗水和欢乐。

去年底以来,先生和几支长年活跃在东莞业余足球界的球队队长自发组织起来,在滨江体育公园举办了东莞市业余球迷足球联赛,目前在举办第二届。除了上场比赛,先生还要参与起草联赛章程、安排赛程、聘请裁判……一向不喜欢管事的他奔波着忙碌着,也充实着快乐着。有时我会带女儿去观战和喝彩,一起体会他们的"享受足球,健康快乐"的联赛宗旨。当他们出版联赛画册找我写序时,我在其中一段书写了他们的心情:"有了联赛的日子,总有种若隐若现的幸福感充溢在心中,让我们可以在每个平平常常的日子里淡定而满足地走着。而关于业余足球联赛的幸福是一粒种子,我们希望它可以在阳光灿烂的日子里茁壮成长枝繁叶茂。"在序言的最后,我用自认为十分精妙的一句话概括我先生及像他一样酷爱足球的男儿:"如果你体味到我脸上的幸福，我不是在绿茵场上，就是在去绿茵场的路上。"

和足球有关的风花雪月，有一件小事不能不提。2002年冬天，逢周三晚先生都独自开车到东城上桥某单位足球场踢一场比赛，赛后绕到花园新村大良甜品店吃一盅甜品，然后打包一碗雪蛤膏回家给我吃。这样重复了无数次后的那个晚上，先生照例踢完球后到了甜品店，发觉钱包没带。他在店门口的路边吹着寒风，等待熟人路过以便借钱。还好，十几分钟后，一个和他在球场上经常碰面而他却叫不出名字的男孩被他逮住借了一百块，雪蛤膏被没带钱包的先生打包回家了。如果我说，这碗雪蛤膏是世界上最好吃的雪蛤膏是不是太矫情了。

（本文发表于2008年6月17日《东莞日报》A15版"天天副刊/闲情"之"百味斋"专栏）

我们的城市

我很清晰地记得,那个阳光灿烂的中午,我先生驱车驰骋在回家的路上,在东莞大道拐上四环路(现在规范的地名应是长泰路)立交的时候,他的脸微向南侧,望着如画的东莞大道向远处延伸,然后左手握方向盘、右手伸过来握住我的手,很有感触地说:"这是我们的城市。"我不说话,用眼神示意着我的赞同。有一种温暖在我们心中氤氲着。

先生和我都不是土生土长的东莞人,但是我们从不认为自己是这个城市的过客。在东莞的怀抱里,我们积极地工作、舒心地生活着。所谓故乡,就是让你的心灵不再漂泊的地方。

我在东莞九年多,可以说见证了东莞的腾飞,而1987年就来到东莞读初中的先生,对这个城市日新月异的变化有着更为深切的感受。我记得他过一段时间就感慨一回:"我刚来东莞的时候,住在步步高住宅区,向东面望过去,尽是大片大片的水田;1993年搬至教师村,向东南望,多的是荒地;现在这些地方都是鳞次栉比的楼房簇拥着的流光溢彩的新城呐。"

和东莞迅捷的城市化进程一样让人惊喜的,是生活在这个城市的人们生活水平的大大提高。这个过程之间的对比是异常鲜明的。发生在我先生身上的一个细节,在我眼中就如经典案例一样地很能说明问题。他说：刚来东莞的时候，看着3块钱一罐的可乐干瞪眼，和父母各几十块钱的月薪比起来喝可乐真是很奢侈啊。不久，家里买了一罐可乐，一家四口人分来喝，当时觉得味道怪怪的，闹不明白这样的液体凭什么卖3块钱一罐，美国人真会骗中国人的钱。这样的细节和张艺谋导演的电影《一个都不能少》里的一个场景惊人地相似：张慧科的同学帮人搬砖头赚取进城寻找张慧科的路费，他们留出路费后，盯着小卖部货架上的可乐眼睛发亮，后来下决心买了一罐让每个同学尝一口，尝过的同学说的都是"嗯，有点麻"。

那样相对拮据的日子早已成为历史了。先生这个被美国文化"毒害"不浅的少年在成长为青年的过程中，喝完的可乐的空罐子一如我戏称的那样都可以绕赤道一周了，不仅如此，他还开着美国和中国合资生产的汽车，住着不知像哪个国家风格的洋房，和大多数东莞人一样过着小康生活。东莞这个在改革开放以来踏上经济发展快车道的城市，充满活力和机遇，让生活在她的怀抱里的人们拥有较为富足的物质生活，并进行着对高尚的精神生活的不懈追求。

东莞——我们的城市。我们在这里扎根、繁衍后代。

写到这里，我不由自主地乐了起来。

（本文发表于2003年12月11日《东莞日报》B7版"莞水情"栏目）

划破生活中温情脉脉的面纱

——铁凝新作《逃跑》读后

铁凝是我喜欢的当代作家之一,总觉得她在描述女性的生存状态及心理体验方面有独到之处。她的《永远有多远》曾被我推介给一个又一个朋友。近读铁凝的短篇小说《逃跑》(刊登于《北京文学》2003年第3期,被《小说月报》2003年第5期转载),觉得她在直面现实的悲凉方面作出了新的尝试。

小说的前半部分平静得甚至让人觉得一片祥和:作者不露痕迹地渲染了剧团里看了十几年门房的老宋一直是一个极好极好的人——善良、勤劳、乐于为周围的一切人效劳,把所有烦琐的事干得漂亮而让人省心……但出乎意料的小说结局让我的心沉重而无助:年迈的老宋得了腿病,必须及时救治,否则有截肢的危险;老宋是好人,但老宋没钱,同样是好人的团长老夏走家串户,挨门募捐,为他筹集了一万五千元;结果呢,老宋跑了,带着那笔"巨款"。"老夏终于气愤起来,团里的老师们也气愤起来,老宋的不辞而别显然愚弄了他们。"后来,老夏终于找到了老宋,老宋已经锯掉了病腿,只花了两千块钱,然后在老家给穷困的女儿和外孙开了个小店。

作为一个受施者,老宋把刚刚够用来治疗腿病的钱"合理""有效"地重新安排了一下,似乎更加符合成本效益原则。而那些本身并不富裕的施予者用慷慨来换取"欺骗"则感到莫大的气愤和委屈。在我看来,不管是施予者还是局外人,理应为老宋掬一把同情之泪:如果一个人置身体、生命和善良本色而不顾,在钱的面前让人性的光辉一下子黯然失色,我们还有什么责备的话要说?!

很多人都无法理解那些万分缺钱的人在作出一些抉择时是多么的辛酸与无奈——断然丢掉与生俱来的或后天形成的美德会让心灵背上沉重的十字架。也许,很多人并不需要为钱作出这样的让步,但为一种叫作"利益"的东西,我们往往是那么的身不由己,和《逃跑》中的老宋没有区别。对此,我们能说什么?谁要思考生命中不能承受的是"轻"还是"重"?

铁凝的《逃跑》,像一把匕首,划破生活中那些温情脉脉的面纱,让我们看到血。无论如何保持庄重的沉默,我还是感到无助。此刻,我又一次看到一个独腿的老人正在飞奔:"如一只受了伤的野兽;他的奔跑使老夏眼花缭乱,恍惚之中也许跟头、旋子、飞脚全有,他跳跃着直奔一条山间小路而去,眨眼之间就没了踪影。"

(本文发表于2003年11月29日《东莞日报》A8版"书廊"栏目)

奈何，奈何

——读李碧华《霸王别姬》有感

李碧华是香港作家中的异数，她潜心写作，作品甚丰，从事着需要张扬的工作如记者、电视和电影编剧、舞剧策划等，却出奇的低调，从不展示自己。我只知道她出生、成长于香港。看过由她的作品改编的电影《胭脂扣》《霸王别姬》《秦俑》《诱僧》《青蛇》等且印象深刻。很赞赏她在花城出版社出版的《李碧华作品集（一）长篇小说——霸王别姬/青蛇》卷首简短的"作者自述"中所说"本人认为人生所追求不外'自由'与'快乐'，作风低调，活得逍遥。"

电影《霸王别姬》上映的时候很是风光了一阵，后来还获得了1993年戛纳国际电影节"金棕榈奖"及"国际影评联大奖"。当然，不喜欢它的人说它得奖，仅仅是因为它是中国第一部大胆表现同性恋的电影而已。愚以为该电影在构成电影诸因素中的若干因素方面自有其过人之处，但电影过快的起承转合虽给我的心以震撼，却远不够读原著令人荡气回肠。小说《霸王别姬》浸透着欲说还休的无奈：程蝶衣对段小楼的痴恋还没来得及说出口（或许他永远都不会对他说），菊仙就把自己赎了出来嫁与小楼，蝶衣便决绝地将自己委身于袁四爷完成了对自己的放逐；此后不管兵荒马乱还是"文革"的荒唐岁月里，蝶衣以其对小楼的不能自拔的爱和对菊仙的刻骨铭心的恨生活在戏里戏外的无奈中。

爱与不爱，有什么博弈可言。蝶衣硬要将爱上升到博弈的层面，痛苦的是他自己，沉重的是读者。李碧华用极其简洁的短句、极短的段落，不动声色地讲述隐痛、妒恨、灾难。这样的叙事风格和古龙奇似，只不过在古龙那里多的是刀光剑影乃至江湖义气，而面对李碧华的《霸王别姬》，唯有唏嘘。

捧读《霸王别姬》，是在因非典肆虐不宜远游的五一长假里，每晚到夜深均不忍释卷。最后读完的晚上无限惆怅地睡去后，忽然从梦中惊醒，听那落了一整夜的雨兀自敲窗，仿似泣诉，不知是为了谁的一种相思，还是为了谁谁谁的数处闲愁。

（本文发表于2003年5月12日《东莞日报》B3版"书廊"栏目）

周日午后的阳光

为了有饱满的精神投入星期一的工作,星期天下午通常是没有什么太耗神的玩乐项目的。从美美的午觉中醒来,有灿烂而不炫目的阳光透过大大的落地玻璃窗洒在客厅里,家具都因被涂上一层浅金色而愈发温馨起来。我陷在布沙发里,什么也不做什么也不想,等阳光把我的惺忪筛掉。

有时候,我会步出客厅,到阳台上看风景。这个小区的建筑物都不高,举目均能看到大片大片的天空,蓝得很明净的那种。小区的园林建设挺好,有草坪、姿态各异的树木、人工湖一角、微型的假山和瀑布映入眼帘;可以想象与人工湖相连的那条小河有七八条锦鲤在快乐地游走,如果有两三个小孩伏在河边看鱼或者追逐,就有夹杂着笑声的喧哗让眼前的风景霎时生动起来;除了小孩,看得多的是孕妇在散步,好像很多美丽的妇人都约好了似的,住了进来就开始孕育生命,和这里的莺飞草长、鸟语花香很好地融合着;还有那棵老树,树干很粗、叶子很茂密,如果我卧室的落地玻璃窗是镜框,框里的画就是老树整个上半身的叶子,在书房看书的时候,偶尔目光穿过敞开的卧室门看到老树,心里便有一些莫名的感动和温暖纠结着。

有时候,不管我在客厅或阳台,我都会放音乐,通常是刘若英、张艾嘉的歌，她们那几乎不用花力气的唱腔和午后的阳光和我一样有点慵懒。如果嗜睡的先生这时也起床了，他就跑过来开电视机，也不关掉我的音响，还美其名曰为我正在播的歌配上MTV。他那些电视画面通常是《奇趣动物园》之类，因为怕影响我听歌，他会把声音调到最小，但通常是后来他自己成了解说员，用他异常丰富的关于动物的知识、加上生动的比喻以及为动物生存的环境遭到破坏而扼腕叹息，博取了我"如滔滔江水绵绵不绝"的景仰。

有时候，如果痴迷于踢足球的先生在一周内没有踢几场球，他就会在周日下午和我去小区内的会所打羽毛球。会所建在一个大大的人工湖边上，在运动的间隙可以欣赏水光、长天、落霞，是一种享受。

不管被责怪"球技太臭"还是称赞"孺子可教"，身心都已得到巨大的愉悦。

周日午后的阳光照着，运动、发呆、闲谈……"诗意地栖居"着，真好。

（本文发表于2003年3月9日《东莞日报》周日版"都市"栏目）

面朝大海，思考人生

写下这样的题目，想起一句话，"人类一思想，上帝就发笑"，还是厚着脸皮往下写。

大年初一，目的地是深圳南澳的东冲。沿途是大梅沙、小梅沙、溪冲、南澳，不游水、不蹦极，只是为了看海，当然还有阳光和沙滩。

东冲因为较偏僻的缘故，人比较少，因而有原始的、充满咸腥味的海风扑面而来，令我切切实实呼吸到了海的气息。这熟悉而又久违的气息让我想起童年和故乡。可以回去的是故乡，回不去的是童年和往昔情怀。捧得起的是沙，留不住的是指缝间流走的岁月。记忆中的人和事虽历历在目，却恍如一个遥远的梦境。

有友人说，海固然值得一看，但不及山里的空气清洁。我不赞成旅游持"吃着碗里瞧着锅里"的心态。我知道大自然因为有各种各样的面孔才会多姿多彩，我爱她的每一副面孔。智者说得好，"不是缺少美而是缺少发现"，人生亦然。所有的选择都不可能完美，能学会舍弃，心无旁骛地坚守是一种洒脱。

面朝大海，我想起林则徐的名联："海纳百川有容乃大，壁立千仞无欲则刚。"海的胸怀因包容而宽广，人的胸怀亦然。只是我不知道，一颗包容了太多东西的心，会不会变得纤弱？

面朝大海，想起刚刚过去的一年稍嫌忙碌，不记得看露珠在阳光下绽放晶莹的笑容，不记得为掠过头顶的鸟儿欢呼。工作着是美丽的，工作之余的休闲更是一种幸福。数年前，听我喜欢的一位学者在讲座上说："不要让自己太忙，忙就是心死。"现在的我对她的话才有深切的领悟。

读书、写字、远足，将心中理想的巨人唤醒，过有别于以往的生活，这是我面对大海的承诺。虽不能像早逝的海子诗里所说的"喂马、劈柴、周游世界"，至少也要"我有一所房子，面朝大海，春暖花开"。这样的房子在我心里。

（本文发表于 2003 年 2 月 14 日《东莞日报》B4 版"旅途抒怀"栏目）

不说动听的话语

友人苇是个内心刚强而外表又绝对是需要人呵护的柔弱女子，我常取笑她，小心找不到能侍候自己脾性的男朋友而成为嫁不出去的姑娘，吓得她赶紧把刚恋爱不久的男友带出来亮相，并向我独家报道了他们之间的一段对白：

苇："你是不是真的喜欢我啊？"

男友："唔。"

苇："你就不能多说一个字吗？"

男友："唔唔。"

我听了不禁莞尔一笑。苇告诉我，她的男友是一个随和、热情和乐于助人的人，就是不懂对她说动听的话，末了还加了一句：毕竟不是在小说里嘛，哪来那么多罗曼蒂克？！

苇能如此彻悟，我真的为她感到高兴。虽然，我们曾经对爱情有着无限的憧憬与五彩斑斓的设想，我们在不懂爱情的时候写一首又一首凄美的爱情诗。在那些"为赋新词强说愁"的日子里，我们用青春的激情为爱情镀上一层又一层炫目的光环，而当我们长大了而真正恋爱的时候，我们应当学会在爱情梦中尽快醒来，珍惜自己恬淡、平静而不造作的生活。在各自的工作与生活中忙碌的两个人，如果能在行动上给对方一份实实在在的关怀，还有什么需要苛求的呢？

记得一个已有七年婚龄的友人说：不要挑剔对方的文凭、人格、性情，为对方尽可能地多做事，等我们老了的时候就会了无遗憾地说，我们是能同舟共济的谁也离不开谁的一对。

是的，不说动听的话语。

只是默默地用心去爱。

（本文发表于 1998 年第 5 期《东莞文艺》杂志）

想 雪

我从数千里外的南方来这里。

背着学子的行装北上，我知道那里面装着求知的渴望，更有装载不了的浓浓的乡愁。

我来的时候看见长江，在武汉大桥下，没有我想象中的波澜壮阔和气势磅礴。失望是挺容易滋生惆怅的。我便莫名地惆怅起来，不知是为已在远离家乡的路途上，还是为那在火车轰隆声中逼近的另一半路程。我不知道在路的尽头是怎样的一种心境在等着我。

我来的时候没能和黄河打个照面。火车经过黄河的时候正是深夜，天地漆黑一片。我不知道我睡着了还是醒着，我不知道我在想还是梦见了"乱石穿空，惊涛拍岸，卷起千堆雪"的蔚然大观。我逼自己不去想黄河之后却想起了苏东坡，在他那首兼怀子由的词里我找不到"今夕是何年"的感觉。

到了坐落在子牙河畔的天津商学院——我就读的学校。我的身体不怎么累，我的心却倦得很，有流浪的感觉。乡愁自黄河源头滚滚而来却找不到入海口，渤海这么浅怎能装得下我对家的思念?!

一天，她们跟我说起了雪。她们说11月中旬以后雪就会来。雪的名字便开始萦绕在我心头。在陌生环境中的苦闷便有了想雪的惬意。想雪的思绪飘得很远，飘回家门前那一排排紫荆树上。

紫荆是我们湛江市的市花。花瓣是紫色的，叶是心形的，总能引起很多联想。我想雪飘的情景就如我离家时那满满一树的紫荆花遽然飘落，纷纷扬扬。很多文人都把雪比作杨花什么的，而我却执着地认为雪花就是紫荆了。在那落英缤纷中，送我的人静静伫立，眼中那份不舍与无奈牵引着紫荆不停地落，一如我想象中的雪在漫天飞舞。

那天我到系办公室报到，辅导员——一个刚毕业留校的年轻人亲切地询问我的家庭情况，我回答着，眼中却骤然涌出了"雪"，晶莹透亮。多少旅途的劳顿，多少在陌生环境中的彷徨，一一涌上心头。这泪水压抑了太久太久，我终于可以让它痛快地落下。我就像处身于"千山鸟飞绝，万径人踪灭"的雪地里，踽踽独行，无依无靠。刚从学生变成老师的辅导员想必也是第一次遇到这种"梨花带雨"的情况吧，他只能讪讪而真诚地笑着说："这个小孩子，想家了，真是小家伙。"

出来的时候，"雪"还没停，同来的老乡知道后赶来看我。这在异地他乡得到的关怀特别令人感动。

我把乡愁洒在这片土地上。她们说11月中旬以后雪就会来。我不知道11月的雪来了乡愁会不会了无痕迹。

我在想雪。没有看过雪的我在盼望今年冬季的头一场雪。雪来了，我必须好好地读她，如读一首洁白无韵却内蕴丰富的诗——如乡愁。

（本文草于1992年10月，发表于1993年第9期《演讲与口才》杂志）

你的年少
我的青春

第三辑

她 说

拾级而上

刘源源

刘源源（Nellie）：华附国际部2022届毕业生，初中毕业于东莞外国语学校，高一就读东莞中学，于2020年插班入读华附国际部，在2021/2022海外大学早申请（ED）中获美国顶尖大学弗吉尼亚大学录取。

Preface

"恍恍惚惚过了一天我却还是老样子
就是这老样子不过也没有不合适
不过是心累了但是梦想却没有折翅

我们是普通的但是不是平凡的
也不甘堕落偶尔会辗转反侧
我们是普通的但却是最独特"
——KC 左元杰《普普通通》

最近看了 KC 的 live，再循环他的《普普通通》，很有感触，那便作为引语吧。正好，我也是个普普通通的，懵懵懂懂的，迷茫的人。如果你有些闲时，不妨看看这篇普普通通的碎碎念。

Music

先提点音乐，混沌着一点治愈的特效药。

对音乐的爱，是深刻在我骨髓里的。天生使然，没什么添加剂。就是普普通通地喜欢听，喜欢搜罗，喜欢学，喜欢唱，喜欢交流，喜欢认识唱歌好听的朋友，喜欢指指点点略糟糕的流量音乐当道的华语乐坛。从小时候母亲爱听的国语，到 only 欧美流行取向，再是现在的 R&B，soul，rap……我的耳朵有所长进，听的东西也越来越不局限。

因为听的音乐比较偏僻，有时候会缺一个可以深度交流的伙伴。好在陆续认识一些有共鸣的听众，空闲时会互相分享最近上头的歌儿。满足。

音乐在我的所有申美文书里自然是重中之重。每次 brainstorm 文书时我总会抱怨："可我不想写音乐，写来写去都是音乐，看起来一点也不 diverse……"人嘛，嘴上一套行动一套。耳边驾驶着 R&B，我又在飘飘然间涂涂改改音乐对我的勾勒。

要说音乐带给我最不普通的时期，应该是在合唱团排练和演出的那八年。合唱团的指挥兼钢琴伴奏赖元葵老师是我的音乐启蒙导师，也是对我影响最大的音乐家。从两小时都坐不住的 B 班新人，因课后不练习被罚站在一旁惹下笑话，想装病却准时到达的又一天，到抓住机缘升上 A 班的抽查，"花木兰"赋予的领唱，逐渐变得老油条的成长……这一幕幕闪过，略带稚嫩却意义非凡的时刻，是我平淡生活的一剂开胃药。还希望再有一个八年，为合唱。

再说说 my goodness Tia。哪怕是不熟悉的朋友也知道我很喜欢袁娅维。她是我音乐道路上的第二个开窍点，带来了风格鲜明且独特的灵魂乐。不再固守自封于 R&B 的浪漫幻想，我听的音乐种类也越来越丰富。她说："坚持是个贬义词，因为如果特别热爱一件事的话，是不需要坚持的。"她懂我，我也在尝试理解她。

音乐不知不觉中陪我走过了十七个年头，从未想过音乐究竟有什么 functions or special effects，我借着这次碎碎念审视了下第二个"我"。我们互相扶持，互相进步，它治愈我，我描绘它。

Parents

再说点不普通的镇镇场子，我的父母。

首先，她有个在我看来不普通的公众号，里面包含了我的大部分黑历史、丑照、成长辛酸史，一些微不足道但在她眼里闪闪发光的小成就。好在现在执笔人总算轮到我了。终于，您躺在了我主笔的公众号里。嘿嘿。

我的母亲为我的一切付出了太多，以至于任何挑几件事来概括都是太片面的。虽然平常总有意见分歧吵吵闹闹不断，但是我打心底儿敬佩这个女人。她一生以一些我无法设身处地的事情而感到快乐，比如不断学习新知识，比如写作，比如读书，比如相信爱情。

母亲和我经常不在一个频道，但有时候会产生一种相处的乐趣。她说她的，我做我的。好像是年轻人的通病，不过因为我妈 level 太高了，我就越发显得渺小和愚昧。好在，她是我的妈妈，可以包容我的懵懂。

一直埋在心底的愿望是，长大后像母亲那样，可以过自我选择的人生。经济独立，可以说走就走的旅行，闲暇时和朋友一起谈天说地，用文字记录生活，繁忙但是安排妥当的工作，积极地投资理财……像她。

再说说我爸。

跳脱、好动的性格是遗传他的。

游泳、网球、足球、跑步、羽毛球、骑自行车，混着书法，都是他带我入门。点到为止，我也只停留在入门阶段。虽都不精通，但是闲暇时候挑出来确实能在挥汗中缓解压力。他永远是个运动健儿，不断奔跑着到下一个球场。

虽然他不怎么介入我的学习，但是他历史地理时政知识丰富，经常教导我一些他总结的道理。许多，还需要去悟。

从小父母就带我东走西跑，穿梭在不同的国家和城市间，和他们一起旅游看世界，也是我人生一大快事。

希望我可以成为他们的影子。

Me

我是普通的。暂且这么归类。

回望我相对短暂却坎坷的申请季，Freud 提出的 repression 马上在我脑海里回荡，单纯地不愿意回忆这一路的磕磕绊绊。不过这段记忆也是宝贵的，仅此一回。挖一挖吧，看看还能淘到些什么。

在进入 HFI 之前，我的人生一直都挺顺风顺水的。凭借着一点点聪明才智和汗水考上了市里很好的初高中，在玩乐中度过了无忧无虑的十六年。

高一下学期怀揣着对美国教育的向往和母亲的"教唆"，对留学其实了解不深的我懵懵懂懂地决定要跳出舒适圈，转学到 HFI。踩着插班生入学考试的最低分数线捡漏进了 HFI，我虽心存侥幸但深知自己与未来同学们的差距。在普高引以为傲的英语成绩，当时第一次测试却只是 50 分的托福，慌乱的步调只有学习足以缓解。靠一个月的课外加码及其后三个月的强化训练，我终于将托福勉强拉到 100+。

有勇气是一回事，真正面对又是一码事。是伴随着阵阵雷声的阵雨，隐约蔓延的敲击声。

不同的城市，全英语教学环境，新同学新老师，新的课程，我蹑手蹑脚地适应着周围的一切，努力地扒着对我还颇有难度的 AP 知识。还记得第一次 sum，没有一科幸免于难，ABCD 应有尽有。挫败感油然而生，从高处跌到谷底的感觉确实不咋地。整理完心情后，能干的也便是继续适应，继续努力。接下来的考试，似乎有些苗头了，如一道阶梯般向上。就算如此，最后得到的 GPA 放在 HFI 也是平平无奇，托福和 ACT 也没有下车，考来考去都是老样子。Junior life 被 GPA、标化、活动充斥着，一点小事就特别容易负面情绪爆发、焦虑，被自己不断灌输的压力玩弄得喘不过气，peer pressure 也加重了我对学习的恐惧。好在有家人、朋友、音乐、老师们的陪伴，还能踏着正步东倒西歪地规整前进的路。

就这样，我和我那不体面的标化、绩点和学术不突出但艺术颇有成就的课外活动互相搀扶着，迎来了我满是风雨的申请季。承认自己能力有限，我妥协了勉强达标的托福成绩，妥协了不够格提交的 ACT 成绩。我决定反卷，托福和 ACT 都放手，只抓好余下精力还能改变的东西——文书。

文书，赋予我一个重新审视自己的机会，好多平常不在意的事情都要追寻它的蛛丝马迹，尝试把自己的普通装点。暑假的时候我便早早开卷，brainstorm，整理 activity lists，完善了主文书的第一个版本，好像差不多了？我放在了一旁。

似乎有些轻率决定的文书注定要整蛊我略显平淡的申请季。

再当我拿回学校给 Jessie（我的升学指导）看的时候，总觉得落笔不够深刻。缝缝补补，也还是无法呈现出一篇满意的主文书。最后，我和 Jessie 重新 brainstorm，开了个新篇。可是距离北卡的 ddl 只有三天了，就这么放弃原来的版本？这么短的时间内真的能写出一篇合格的主文书吗？我还可以 EA 北卡吗？迷茫、泪水、忐忑、烦躁，心如死水。混沌之中，我犹豫，却没停下笔。倚靠着母亲的担忧并鼓励和冥冥之中脑海里应该坚持下去的信念，就在这灰暗的三天中，我确定了我的新主文书，也顺利提交了北卡的申请。

后来主文书也一直在修改，每位老师的 comment 都褒贬不一，在不同意见里沉沦也是申请季对我的一种考验。一直没有觉得自己有一篇拿得出手的主文书，幸好 UVa 让我重拾自信。不过这是后话。

就这么普普通通般蹒跚着，终于有一道不请自来的光穿过浓雾。那个睡到自然醒的七点十三分的早晨，忐忑地打开 UVa 申请的 update，心里不停地叫唤肯定没戏的别期待了，一直搜寻却迟迟不现身的 congratulations，忽略了飘落的彩带，突然一行字炸入眼前：On behalf of the entire University of Virginia community, we are excited to offer you admission to the class of 2026.

"咦，我中了！"我成了中举的范进。

和范进不同，我没疯，但也有一种不实感。我其实一直挺悲观主义的，从未对 ED 下车抱有幻想。每当朋友或者家人调侃我说也许 ED 就录了还愁啥时，我总是苦笑着回道，根本不可能的，RD 文书我已经在干了。太突然了，太突然了，我还未舒完的一口气就这么被惊醒。

好在接受能力不错，复盘完我的整个申请季，我可以很自信地说："我是一名 UVa 准大一学子。我既坎坷又幸运的申请季梦幻般地提早结束了。"

感谢一直陪伴我给予智力支持和无微不至关怀的妈妈，感谢不时传输人生道理的老爸，感谢从小到大每一位悉心教诲的老师，感谢一直帮我磨文书的 Jessie，感谢幽默搞怪经常听我吐槽传输负能量的何丹妮宝，感谢角度独特抗压能力超强的邓睿大美女，感谢在北京热心收留我的小学霸暖心兔兔刘若荷子，感谢602的每位小伙伴，感谢未来艺术大家马静坛女明星，感谢初中三年一起成长的馨谣，感谢一起絮絮叨叨经常开导我的卓云小可爱，感谢我的音乐启蒙导师赖元葵，感谢袁娅维对假牙的爱，感谢我充分热爱的音乐，感谢 R&B soul 华语欧美流行，以及感谢在我伤心欲绝时伸出援手的友友们。所有对我的帮助终汇成自己平凡生活的多一份幸运。

正如妈妈所相信并经常鼓励我的那样：努力＋时间＝成长。流水争先，靠的是滔滔不绝。

也愿每个普通的，仍在路上徘徊的，却不平凡的，咬牙坚持着跋山涉水的人都能收获一颗硕果。

我们普普通通，却不庸庸碌碌。

（本文发表于 2022 年 1 月 27 日 "华附国际部"公众号之"2022 学生故事"系列文章，刘源源当时就读于华南师范大学附属中学国际部 Hendrix 班）

Five songs that represent me

Written by Nellie Liu

Here are the five songs that can represent me well.

1st: Trust Myself from Tia Ray

Tia is one of my favorite Chinese singers who I admire very much since she insists her unique music style soul and R&B, which are unpopular in China. And I am crazy about R&B, which I think it is the most appropriate music style to represent me. This song is a typical R&B piece and the lyrics also reflect that I am a vigilant person who does not trust others easily and prefers to believe in my own ability.

2nd: In The Beginning from Kate Stewart

This song is also a pure R&B. Although it is very short, the lyrics are very accurate to describe my heart.

"I' ve been stuck on pause

Confusion' bout records

That routine

That got me feeling lost

It had me second-guessing

Never Listen

Had me questionin' my intuition."

My life is filled with confused things, but as long as it is back to the original heart, I can stick to it.

"All the things that people said

Music ain't the way to go

They won't play this on the radio

No no no no

So we gotta take

It back."

The lyrics also reflect my attitude towards music. I try to promote music that is very pleasing to small audience, but a lot of people don't understand it. At this time, I will not be discouraged, but like my idol Tia sticking to the music I love.

3rd: Easily from Bruno Major

What the lyrics of this song mention about the acceptance of fate and the struggle against fate is also consistent with my belief. I will accept what I have earned through hard work and negative comments. If the fate is wrong, I will fight.

4th: R&B All Night from KnowKnow & Higher Brothers

As the title says, if I had the time, I'd rather have an evening of R&B music than anything else.

5th: Starfall from Tia Ray

It's a very uplifting and passionate song. This song gives me strong energy, wanting to break free. It's similar to my life which contains a lot of restrictions, but I'm always trying to break them down.

Here are the five songs that can describe me the most.

《摆渡人》读后感

刘源源

如果命运是一条孤独的河流,谁会是你灵魂的摆渡人?

《摆渡人》中,十五岁的女孩迪伦原本是生活在一个普通的单亲家庭的女孩,她在探望父亲的路上遭遇车祸,成了唯一的遇难者,她的灵魂必须穿过荒原,躲开恶魔的吞噬,才能抵达灵魂的栖息地。

崔斯坦本身就是荒原上的摆渡人,保护、引领过无数的灵魂穿过了荒原,来到了灵魂的栖息地,当然偶尔也会有失败的时候。从年龄与经历来说,他是一个饱经沧桑、经历丰富的人,见过了无数的灵魂引领,经历了无数次的恶魔攻击,内心早已波澜不惊、心如止水,只是机械地、重复地穿过荒原。直到,他遇上了迪伦。

两人在荒原中相伴行走的故事是整本书中最温暖的一段:他们从彼此陌生走向相知相恋,像一对儿真正的小情侣一样聊天,心动,争吵,拥抱……这一切在危险的荒原之中显得那样弥足珍贵。当迪伦到达灵魂栖息地而被迫与崔斯坦分开却不顾命运的百般阻挠,执意返回危险的荒原,孤身一人找寻崔斯坦的时候,我被他们超越生死的爱情打动了。

看完整本书我没有一天不在幻想剧中的男女主人公,他们之间发生的点点滴滴都扣动我心弦。不过我转念一想，如此"荒唐"奇妙的剧情与生死和爱情结合在一起，是不是有一种违和感和莫名的做作感？我重新审视了一下自己的想法，觉得作者设置如此跌宕起伏的剧情的唯一解释的原因是，爱情。

爱，使迪伦充满了力量。前途即将如何？不知道，能否找到崔斯坦？不知道；如何面对恶魔的吞噬？不知道！

有了爱情和勇气，就有了一切，剩下的，交给命运就可以了。

虽然我尚未体会过，但不得不承认，爱情的力量是伟大的，是可以超越生死而存在的。

[刘源源草于 2019 年 12 月 22 日，当时作者就读于东莞中学高一（4）班]

在草海感受国家环境保护的决心和力度

刘源源

抓住暑假的尾巴，爸爸妈妈和我一起去了趟贵州避暑。除了黄果树瀑布这个著名景点，我们家租车自驾游一些冷门景点，去了贵州西部的六盘水、毕节等城市。其中，威宁草海国家级自然保护区给我留下了深刻的印象。

草海国家级自然保护区是威宁最出名、最具特色的风景区。草海海拔约为2200米，是贵州最大的天然淡水湖，有五个杭州西湖那么大。正如它的名字一样，水底长满了水草，但是却并不影响水的清澈。

如果您看过关于草海的纪录片或新闻报道，可能会留意到2018年底的一则新闻："中央环保督察问责：贵州住建厅原厅长因草海保护区破坏被处分"。此次被通报的典型问责案例中，包括贵州草海国家级自然保护区环境突出问题：草海自然保护区管委会生态环境保护责任落实不到位，环境保护工作推进不力。

在草海白家咀码头旧址，爸爸指着已经冒出水面的水草对我说："这里曾经是个码头，后来因为草海的保护措施不当就拆掉了。你再看看旁边这间房屋，原来应该就是湖边的客栈，也是因为出台了保护政策所以才拆迁的。"我才恍然大悟，原来在草海边上建码头和房子以及在草海上开游船都是不允许的。

我们顺着居民指示的方向，沿着一条很窄的小路登上观海亭。一路上，我们见到一些忙碌的农民，便去跟他们攀谈，了解他们的生活。有一个老爷爷跟我们说，我们来早了，尚未到草海观鸟的最好季节。每年冬天，成千上万只黑颈鹤和斑头雁等珍禽异鸟飞来这里越冬，场面十分壮观。

　　在观海亭，望向那块写着"贵州威宁草海自然保护区"的大大牌子，我的内心被保护环境的重要性深深触动着。是啊，人们为了一己的私利，在草海边上建设供游客游玩的码头、客栈和餐馆，不仅会影响草海的自然美景，还会对环境造成一定的破坏，干扰生物栖息地。想到这儿，我不禁思考起环境保护的问题。

　　1992年经国务院批准建立的贵州草海国家级保护区，总面积96平方公里，其中湿地面积46.5平方公里，是我国西南地区的重要湿地和候鸟越冬地之一，被列为"世界十大高原湿地观鸟区之一"。近年来，到草海越冬的黑颈鹤数量逐年增长，草海是黑颈鹤重要的越冬地之一。而草海湿地历史上曾经有过1958年和1972年两次大规模人工排水，草海仅存水面500公顷和部分沼泽地，大部分湖底被开垦为耕地，大量人口迁入居住。周边群众严重依赖草海的自然资源，导致自然资源过度利用，加之工农业污水向草海湿地排放、开发项目侵占等问题，对草海湿地造成严重的生态威胁。

　　保护环境，需要我们尽自己最大的努力去改善环境。但就草海而言，要求我们从小事做起，不在草海边上乱扔垃圾废品，不在草海内戏水。政府也要做好居民的排污处理，禁止违规建房。

　　期待每个人都付出自己的最大努力，善待大自然。我们终将等到大自然善待我们的美好远景。

［刘源源草于2019年8月21日，当时作者就读于东莞中学高一（4）班］

《傅雷家书》读后感

刘源源

在我家的书架上，有四卷本的傅雷译文集《约翰·克利斯朵夫》。傅雷在翻译界是个令人景仰的名字。《傅雷家书》则让我见识了不仅仅是学识渊博、治学严谨的傅雷。我想，每个人都是可以在这本书里找到共鸣的，不管你是别人的父母，还是别人的儿女——这本书一定能勾起你对人生的思考。

《傅雷家书》是傅雷及其夫人写给子女傅聪、傅敏的家信合集。家信亲切又温和，字里行间都是傅雷夫妇对儿女的爱和谆谆教诲。有对儿子的牵挂，有对儿子的鼓励，有嘱咐，有母亲的关心，更有浓浓的爱子心切。以下一段特别让我感动。

亲爱的孩子，你走后第二天，就想写信。怕你嫌烦，也就罢了，可是没一天不想着你，每天清早六七点钟就醒，翻来覆去的睡不着，也说不出为什么，好像克利斯朵夫的母亲独自守在家里，想起孩子童年一幕幕的形象，我和你妈妈老是想着你二三岁到六七岁间的小故事。

书中有很多傅雷先生关于人生的体悟。比如："人一辈子都在高潮和低潮中浮沉，唯有庸碌的人生活才如死水一般；或者要有极高的修养，方能廓然无累，真正的解脱。"

《傅雷家书》还可以被看作一部最好的提高艺术修养的读物。正如傅雷在给儿子傅聪的信里这样说：

长篇累牍地给你写信，不是空唠叨，不是莫名其妙的，而是有好几种作用的。第一，我的确把你当作一个讨论艺术，讨论音乐的对手；第二，极想激出你一些年轻人的感想，让我做父亲的得些新鲜养料。同时也可以传布给别的青年。第三，借通信训练你的不但是文笔，而尤其是你的思想；第四，我想时时刻刻随处给你做个警钟，不论在做人方面还是其他各方面。

傅雷是要儿子知道国家的荣辱，艺术的尊严，能够用严肃的态度对待一切，做一个"德艺具备，人格卓越的艺术家"。傅聪在异国求学的过程中，从父亲的这些书信中汲取了多么丰富的精神养料。那饱含着殷殷父爱的谆谆教导，那穿透灵魂的人生和艺术体验，如源头活水注入傅聪的内心，拓宽了他有限的人生阅历，加深了他对艺术的体味和把握。

傅雷对傅聪说："你的脉搏与莫扎特一样，你真正理解了莫扎特。"多么高明的比喻，需要对音乐何等的理解才能说出这样的话。一位伟大的父亲，成就一位伟大的音乐家儿子。

读完了《傅雷家书》，心情久久难以平静。

[刘源源草于2018年2月23日，当时作者就读于东莞外国语学校初二（7）班]

您布置作业的姿势，原来是做段子手

刘源源

我的地理老师邓静是个很有趣的老师，简直就是个文采很好、幽默无边的段子手。

都说作业既枯燥又有难度，但邓老师却有"点石成金"的神力。初一上学期的寒假，邓老师给我们布置的一项地理作业是让我们制作一份有创意的世界地图，材料不限。我按照自己的思路，买回一张印有世界地图轮廓线的纸，用之前打发时间所折的幸运星按不同颜色粘到各个洲上去，起名为"来自星星的你"。心想，这下有创意了吧，我可是创造了个"幸运世界"。可没想到，同学们做得都比我用心。有的同学用糖果纸做了个"糖果世界"，有的同学用彩色铅笔画了某些国家相应的国宝，还有的同学用乐高玩具拼了个世界地图。邓老师很细心地将同学们的作业整理好，把创意独特的作业挑了出来，拍成照片，配上有趣的解说美文，发在了朋友圈，收获了无数点赞和神评论。（详见https://www.meipian.cn/dfdbwup）

我仔细阅读邓老师的文章，好几次忍俊不禁。邓老师开头写了一篇很长的段子，才转而介绍学生作业。每张图下都配有幽默的文字，最后还要来一个有趣的结尾才肯结束这篇美文。当时就震惊了，原来地理老师也有个隐藏身份——段子手啊！

初一下学期过去了，暑假如期而至，作业也如期而至。不知为什么，我们都有点期待地理作业。邓老师果然不负众望，布置了一项开发大脑想象力的作业——"见字如面"。意思就是将一个城市的名字和它的特点相结合，让同学们把每个城市的特色设计到城市的名字里，通过文字展现城市的风采和特色。（详见https://www.meipian.cn/ryrak0t）

我想了许久，决定将"四川"作为我的作业。我的"四"字是一座寺庙型建筑（武侯祠），"川"字是三个不同大小的辣椒。

这两次地理作业，能提升学生的主动性和积极性，确实让我感受到了想象力和创造力的奇妙。家长们也体会到我们学校的老师们布置作业侧重于丰富学生的课外知识的良苦用心，纷纷点赞，并向媒体报料。7月18日的《东莞日报》就以"《见字如面》暑假作业别样红"的标题进行了报道，引起了热议。（详见http://epaper.timedg.com/index.php?date=20170718&page=14）

这个暑假过完了，邓老师却不教我们了。我不知道她去了哪里教书，很想念她。

想起邓老师下课后特别活泼的样子，她经常跟同学们说说笑笑。她也好几次跟我打趣，说我哪次考试成绩很好哪道题其实很容易却还是出错。在我看来，她不仅是个可爱的地理老师，还是一个隐藏很深的段子手，更像是我的好朋友。

[刘源源草于2017年9月10日，当时作者就读于东莞外国语学校初二（7）班。本文为刘源源参加东莞外国语学校教师节征文比赛稿件]

和"花木兰"在一起的美好回忆

刘源源

一段替父从军的感人故事,一位戎装女子的战斗传奇,经过巧妙改编,由美国版权公司授权演出的迪士尼音乐剧《花木兰》(青少年版)于 2014 年 11 月 22 日至 24 日在东莞市文化周末剧场公演。来自莞城英文实验学校的 150 位学子,用英文演绎了这段传奇故事。而我,作为第一主角"花木兰"的饰演者,自 2014 年 4 月进入剧组排练,得到了很多历练成长,满满都是美好的回忆。

刚开始进入剧组时,我只是第一个出场的四个一般主角之一,戏份并不是很多。8 月 21 日,剧组重新进行了一次角色选拔,我竟然被改为女一号花木兰了!妈妈说,要感谢发现千里马的伯乐。从那时起,我更刻苦地投入了比原来多很多的台词、动作、音乐的排练。

剧组的导演、监制和排练指导老师都来自香港。我发现:香港导演给演员很多创作的自由,比如可以根据对台词和音乐的理解自己做动作,比如可以自己确定怎么走位。这跟我此前在儿童音乐剧《盛开的桃花》剧组的导演指导方法有比较大的不同。妈妈表扬我在排练过程中懂得独立思考,并能对不同的导演指导方法形成自己的价值判断。想起妈妈在我四岁时带我看世界著名音乐剧《猫》，此后的日子里，她和我一起去玉兰大剧院、莞城文化周末剧场和电影院看了无数场演出和电影，总是耐心聆听我关于音乐剧、话剧、演奏会和电影的评论，充分肯定我每每超出我的年龄的鉴赏能力，这些陪伴、交流和鼓励为我的表演积累了很多感悟和底蕴。

投入和专注非常重要。除了在剧组排练，我在家也需要积极背台词和练唱。还要感谢妈妈的是，我在家练习饰演花木兰，凡是跟花木兰有对手戏的演员的台词都是妈妈读的，一遍又一遍！妈妈甚至在住院的日子里也不中断陪我练习。公演第一天，我听见妈妈跟剧组负责人开玩笑说，应该颁个"最佳家长"的奖项给她。

《花木兰》公演取得了巨大成功。我及伙伴们的表现被赞真棒！在我心目中，花木兰是一个很勇敢，很聪明，很漂亮的女子。因为觉得自己把花木兰的这些特点都演得比较到位了，我在接受《文化周末》报记者采访时给自己演的花木兰打了8分！

演出结束后，莞城英文实验学校黄校长率"花木兰"等几位演员接受东莞电视台记者的采访。报道在《今日莞事》栏目播出时，我外公外婆看到了，特地打电话给妈妈和我，很开心！

在主演英语音乐剧《花木兰》之前和之后的日子里，我有过不少登上舞台的经历。如参演儿童音乐剧《盛开的桃花》并在中央电视台演出，随文化周末少年合唱团登上星海音乐厅、玉兰大剧院、杭州和常州大剧院、台北国际合唱节的舞台……在我心中，和"花木兰"在一起的日子，最美。

[刘源源草于2017年5月23日，当时作者就读于东莞外国语学校初一（7）班。本文荣获首届"中华杯"全国中学生写作大赛二等奖]

我的第一次表演

刘源源

2011年参与拍摄穆肃哥哥导演的电影《热带》时,我才七岁,那是我第一次拍电影。第一次拍电影,我对拍摄感情、表情的把握还很陌生。当时的感觉是:每当我想把一句台词演好时,我才会发现说出口和在脑子里想的完全不一样。

想起我在电影里仅有的那句台词"妈妈妈妈,快报警!"如果让我用现在的演艺水平去演,差距简直比天和地的距离还要远。现在想起来,觉得自己当时笨笨的,未免有些好笑!但是,虽然现在演艺水平提高了,但还是喜欢自己的那一次!为什么?因为那次拍摄是我人生中第一次接触电影表演,自己投入了很深的感情,虽然稚嫩却生动。

我要感谢穆肃导演给我参与拍摄《热带》的机会。通过那次拍摄,我学到了很多东西,更重要的是引发了我对电影、舞台表演的浓厚兴趣。现在我是我们学校表演班的成员。

去年,我参演的儿童音乐剧《盛开的桃花》荣获广东省第九届少儿艺术花会比赛金奖,并在2013年10月2日参加中央电视台小品大赛。我的音乐、舞台表演等方面的综合水平比三年前提高了很多,期待有更多机会参与电影!

（本文草于2014年5月14日，当时作者就读于东莞市莞城英文实验学校四年级6班。本文被收录在穆肃编著的《用机器写诗——〈热带〉电影全纪录》一书里。该书内容包括《热带》剧本、拍摄花絮、拍摄日记、剧照、剧组参与人员随笔以及多篇影评）

东莞高一女生妈妈家书走红，在焦虑时代如何做一个不焦虑的家长？

王芳

在开学前的这几天，一篇题为《一封家书——写给即将读高一的女儿源源》的微信文章，在东莞的一些家长间静静地流传，并被其他公众号转载。在文章中，针对即将迎来高中全寄宿生活的女儿，源源的妈妈陈逸影女士提出了两点期望：做事要多考虑别人，说话要少用反问句，字里行间流露出的拳拳母爱及教育智慧，引起了不少家长的共鸣、转发和交流。

一封家书意外"走红"

近日，记者联系上了这封家书的作者陈逸影女士，对她和女儿进行了采访。

谈到这封家书的走红，陈逸影表示有点"意外"：给孩子写家书，是学校给家长布置的"暑假作业"，从2017年12月7日开始写，按照学校的要求，她都会认真完成学校布置给家长的命题作文类家书，到目前共写了三封。今年这封其实是"急就章"：女儿源源8月22日起要回东莞中学军训一周，军训期间，学校会组织学生读信。而她直到8月21日下午下班后才有时间写。相对于之前的两封家书，这封家书因为没有充分的时间构思，陈逸影就再次重复了一直以来教育孩子的她认为十分重要的两条：做事要多考虑别人，说话要少说反问句。8月25日晚11：45，陈逸影把这封家书发布在了"陈逸影"公众号上，在朋友间流传，8月28日，被东莞一教育类公众号转载。有人在文章下面留言"我也有一个女儿，希望我能把自己的女儿教导到有你一半的水平。""不说反问句这一条，默默感受了下，我完全没有注意到，一语惊醒梦中人。"有的家长还专程就此跟她进行探讨。

"做事要多考虑别人，说话要少说反问句"

陈逸影介绍，在高一之前，源源都没有全寄宿，只是午托。考虑到她高中阶段要过全寄宿的生活，不可避免地跟舍友之间会产生作息时间安排、生活习惯的适应和改变、讨论问题的方式等方面的冲突和磨合。所以重提"做事要多考虑别人"这一原则并要求孩子认真践行，是希望她在人际关系方面顺利、和谐。

而关于"说话要少说反问句"，陈逸影认为这是非常重要的，也是过日子的基本要求和基本方法。她表示，这一点引起了很多家长的共鸣。反问句就是用疑问的句式，表达肯定的观点。在日常交流中，反问句比一般的陈述句语气更加强烈，更容易产生攻击性，让人感觉"说话说得很冲"，但很难被自己察觉。

陈逸影平时教育孩子，很多时候喜欢教方法。比如说话，多用陈述句、一般陈述句甚至比较客气的祈使句来表达，少说反问句，真的是能收到较好的效果。她还透露，接别人的话，先说"是""好"，如果有不同意见接下来表达，可用"但是""如果第一时间先说不认同，别人就会反感，你的方案再好，别人都不一定会感兴趣。"

教导和意见女儿觉得很受用

陈逸影的女儿刘源源在接受记者采访时表示，8月26日晚上，在学校的读信环节，她很清楚地记得，还没打开信时，一旁的女同学就已经哭了。她也被感染了，仔细阅读完斟酌完每一个字后，眼角微微湿润。妈妈的教导和意见源源觉得很受用，也深刻检讨了自己确实在说话方面有很多要纠正的地方。她认为妈妈说得很对，有了智能手机后，人们渐渐减少甚至吝于和身边的人交谈，她有时说话就很不耐烦。她正努力朝着妈妈的期望靠近，好好学习如何正确和身边的人交谈，也希望自己能学会与他人和谐相处，从好好说话和少说反问句、多说陈述句开始，尽量不给他人带来难受的感觉。

源源说，对全寄宿生活，她一开始还有点畏缩，不过总不能天天麻烦爸妈接送。经过这次为期一周的军训，她对全寄宿生活已经有了初步的适应，思想上也准备好了迎接这个小挑战。她现在感觉和舍友们还是蛮聊得来的，相处得比较融洽；作息方面，近期都在调整自己的起床饮食睡觉时间，尽量和学校保持一致，以便更好适应宿舍生活。

/对话家长/

1. 您希望孩子长大后成为一个什么样的人，高中阶段应该懂得什么？

陈逸影：这方面没有认真地思考过。如果一定要总结，大概是这样：知识丰富、热爱生活、关注社会及格局大一些的人。高中阶段，不管是读文科还是理科，希望她都能重视培养独立思考和创新能力，同时接受多一些大学先修的学术训练类课程，以及通识教育、人文教育类课程。

2. 孩子这么优秀，在以往的幼儿园、小学、初中阶段，你对孩子都有明确的培养目标吗？为了达到目标采用了什么方法？

陈逸影：老实说，好像没有特别明确的培养目标。矫情的说法就是"孩子只要健康成长就好"。现在回头看看，幼儿园、小学和初中都是一晃眼孩子就长大了，"时光都去哪儿了"，哈哈！我的观念是：在焦虑的时代，做一个不那么焦虑的家长。

仔细想一下，总的原则就是：学习知识基本上交给学校和老师，好的行为习惯的养成、规则意识的培养以及健全人格方面的培养，我们还是下了一些功夫的，采用的方式主要是言传身教。

比如行为习惯的养成，我会要求孩子在出行前列行李物品清单，做一件事之前列出流程提纲，还有更重要的是多做备忘录，包括要网购哪些物品、在哪些日期之前要提醒自己做哪些事情等等。

关于规则意识的培养，我们会跟孩子约定玩乐的时间、看电视和使用电子产品的时间，做不到的话是会被惩罚。另外，过马路要走斑马线、坐车必须系安全带等。印象最深的是孩子无论坐在汽车的前排或后排，都是自觉系好安全带。

人格方面的培养，重点引导她关注公益和践行公益。我总是高调地告知她最近自己捐助了哪些公益项目、帮扶了几个孩子成为"爱心父母"，并带她一起去慰问我的帮扶对象或者参加某些机构组织的关爱自闭症儿童等公益活动，让她树立多做公益的理念。

/对话孩子/

1. 你是一名德智体都全面发展的学生，家长有要求你上过课程辅导班或文体类培训班吗？你有没有产生过畏难情绪或者逆反心理，是如何克服的？

　　刘源源：家长并没有要求过，都是我自己主动报名的。小学的时候每个假期都会在少年宫挑一些自己感兴趣的课程，例如拉丁舞、民族舞、小工程师班、钢琴等，虽然学得不精，但技多不压身嘛。课外补习班也是从初三才开始上的，都是我自己觉得学校的知识不够吸收，才主动提出要报补习班的。父母都尊重我的想法和态度，并没有过多插手。

　　在少年宫的学习我觉得很快乐，并没有怨言，除了有时候学舞蹈怕痛偷偷哭过。小学参加的游泳队也是因为热爱这项运动，虽然每天早上起得很早，但也很少抱怨。训练的辛苦习惯就好，人如果每件事情都抱怨太多，是无法全身心投入的。补习班一开始感觉良好，因为当时特别努力学习。不过后来因为临近中考到了"高原反应期"，对学习不太提得起兴趣，就从原本周末两天都在补习班改成只去一天了。当时有点崩溃，临近中考，成绩在学校的排名却有点往下掉，有过想放弃的念头，不过最后还是熬过来了，调整好心态比较轻松地面对中考。父母也都很支持我，每天都做精致美味的早餐慰藉我的胃，而且不管我做什么决定（比如中考填志愿）都站在我这边。

　　2. 游泳队、合唱团等各种排练、比赛会占用很多时间，特别是初中课业较多，你是如何平衡的？

　　其实上了初中之后，我就只剩合唱团这个课外活动了。每周六下午三点到六点，我感觉自己平衡得挺好的。周末作业一般在学校就能基本完成，周末回家后也是去泡图书馆，寻找那种学习的氛围。我总的原则就是：能在学校完成的尽量完成，给课余时间多点空间，所有事情都紧凑起来，井然有序就不会感到焦虑。

/人物档案/

妈妈：陈逸影

陈逸影女士身上的标签很多：东莞市司法局法律援助处工作人员，仲裁员，东莞市作家协会会员。采访中发现，原来她与东莞报业集团十分有缘，曾是《东莞日报》的通讯员，早在二十多年前就开始为《东莞日报》供稿，消息、时评、文艺评论均有涉猎。

女儿：刘源源

刘源源在今年中考以740分（满分为780分）的成绩从东莞外国语学校考入东莞中学。多才多艺，德、智、体、美、劳全面发展。热心公益，积极参加学校及社会上的志愿者活动，用自己的零用钱助学济困。

初中阶段有七次被评为"学习标兵"、五次被评为"三好学生"。热爱运动，在田径运动和游泳比赛中多次获奖。参演的儿童音乐剧《盛开的桃花》荣获广东省第九届少儿艺术花会比赛金奖，并参加中央电视台全国小品大赛总决赛；在迪士尼版权所有的英语音乐剧《花木兰》中饰演主角花木兰；在全民K歌2018年度翩翩少年才艺选拔活动中荣获初中组第三名。是东莞文化周末少年合唱团A团的骨干队员，在全国巡演的多场专场音乐会中作领唱演员。2017年7月，作文《和"花木兰"在一起的美好回忆》获首届"中华杯"全国中学生写作大赛二等奖。

/记者手记/

家庭教育拼什么？

采访中了解到，源源的父母都是公职人员，平时工作比较繁忙，也没有其他的外援，孩子的教育基本上落在了妈妈陈逸影的肩上。很多这样的家庭，如果孩子走读，都会为每天的接送叫苦，更何况参加游泳队、合唱团、各种节目排练。于是，我试图从中挖掘出一些"惨料"，解读她的应对方法，看是否可以给家长们一些指导和借鉴。但是，陈逸影明确地表示"不觉得难"。她说要放手让孩子去做，孩子能行。在源源小学三年级的时候，有时因故不能去学校接她放学，陈逸影就曾让源源自己回家。陈逸影喜欢听讲座，不拘种类，"文化周末"的讲座她只要有空就会去听，特别感兴趣的讲座，在深圳、珠海、广州也会去听。她家热爱旅行，有机会就去旅游，去了很多地方。会为了让孩子更深切地感受一个调查作业，去贵州旅行的时候专程租车自驾去威宁草海国家级自然保护区。陈逸影喜欢和孩子交流讨论各种话题：电影、时政，等等。她去年底以 125 分的好成绩顺利通过国家统一法律职业资格考试（主观题）……都说教育是拼家长，很多人的理解是拼经济实力，然而，从陈逸影的身上，我深刻感受到：教育要拼的，是家长的教育智慧和坚强毅力。

（本文于 2019 年 9 月 1 日发表在"i 东莞"App 上，于 2019 年 9 月 2 日发表在《东莞时报》A07 版，作者王芳是《东莞时报》记者）

我们仨的幸福之旅

钟晨

姓　　名：阿影（原名陈逸影）　　职业：公务员
行者语录：读万卷书，行万里路。

爱旅游像爱一个人一样不需要太多的理由。

《纽约客》的影评家丹比说："世界上没有任何一样东西比孩子的小手更能慰藉人心。"我们本期的行者阿影则说，牵着孩子手的旅程会显得别有风味，有孩子相伴的人生更加丰满。热爱生活的阿影酷爱一家出游的感觉，三个人的旅程，温暖贯穿始终。

与海有关的旅程

"面朝大海，思考人生"似乎是阿影很乐意的旅程。某一年的除夕，在深圳南澳的东冲，不游水、不蹦极，只是为了看海，还有阳光和沙滩。东冲因为较偏僻的缘故，人有点少，因而有原始的、充满咸腥味的海风扑面而来，很切实地呼吸到了海的气息。

"面朝大海，想起过去的一年稍嫌忙碌，不记得看露珠在阳光下绽放晶莹的笑容，不记得为掠过头顶的鸟儿欢呼。工作着是美丽的，工作之余的休闲更是一种幸福。数年前，听我所喜爱的一位学者在讲座上说不要让自己太忙，'忙'就是'心死'。"阿影说，读书、写字、远足，将心中理想的巨人唤醒，过有别于以往的生活，是她面对大海的承诺。

2008年的春节，一家三口在泰国普吉岛悠闲地度过。她们选择了自由行，在芭东海滩上带有私家海滩的度假村入住。"这样的海景别墅是一些错落有致地建在山坡上的泰式建筑，出入须搭乘独具特色的电轨缆车，四岁的女儿源源乘坐缆车时开心得欢呼雀跃，让我和先生也感染了这种单纯的快乐。"

住房的大阳台面向安达曼海，阳台的休闲椅上可以俯瞰海滩、热带风情的花园和泳池。"什么也不看，只是听着安达曼海的涛声发呆。每天都睡到自然醒。早餐后就到海滩去散步。许多外国人带着一家大小前来度假，源源有时会去逗金发碧眼的小宝宝玩。"

"乘坐快艇去PP岛的途中，先生跳到海里浮潜，我和源源则倚在船边拿面包喂鱼。源源看到五颜六色的热带小鱼自由游弋着，争吃她扔到海里的面包屑时，高兴得手舞足蹈。小PP岛的沙滩十分美丽，海水清澈见底且绿到极致，源源用极白极幼极滑的沙子将我的腿埋了起来，然后叉着腰哈哈大笑。"

北海红树林的惊艳

阿影是一个开朗、乐观、非常热爱生活的人，每月会和先生携手去看场电影，每月都有一次家庭旅游，仿佛有点小浪漫地在追寻着自己的幸福。杨绛先生和钱钟书先生塑造了"我们仨"的幸福生活模板，他们的女儿小名叫圆圆。无独有偶，阿影的女儿也叫源源，发音一样，幸福同样简单、平凡。

源源从一岁起就跟随父母出门游玩。2007年春节过后，源源还不到三岁就坐着飞机出游了。"朋友和家人都质疑说源源还太小，去长线游还太早了，但源源表现很出色，一家三口在华东自由穿梭，很轻松走完杭州、苏州和南京的行程，其乐无穷。每当回头去看影集时，在江南水乡的青山绿水、恬淡烟雨、木栏青瓦的重重叠叠中，总能看到源源无数的笑脸，这些都是很美妙的回忆。"

源源的足迹和父母一起遍布了全国各地。今年"五一"，一家三口与朋友一家自驾去了趟广西北海，有着大片大片红树林的合浦景区，给源源的印象和妈妈一样，是自然界的神奇和壮观。"据说这里是中国最大的红树林，那一刻真有种惊艳的感觉，滩涂上大片大片的红树林，被保护得很好，也是著名的环保教育基地。倚海而生的红树林随潮涨而隐、潮退而现，有一种独特的美。"她说那里的生态对于在城市里被"石屎森林"包围着的人而言，确实十分震撼，对于孩子而言，则是与自然的一次亲密接触。

"通向红树林的路很长，是一条两旁都种满了笔直树的小路。然后坐上快艇进到海里面，能看到海中间月牙状的沙滩，很浪漫。源源则和小伙伴在沙滩上留着小脚印，玩得很开心。红树林树根的滩涂上有很多红色的小螃蟹，特别可爱，大人小孩一起抓螃蟹、摸虾子，其乐融融。"

期待心灵之旅

阿影说，其实爱旅游像爱一个人一样不需要太多的理由。"山在那里，海在那里，亲近它们是一种享受。我特别羡慕那些把中国乃至世界走遍的背包客。作为一个公务员，按部就班地工作、生活，时间长了会令心灵钝化，而一次次不同的旅游让身心在不同的环境里体验另一种愉悦。"

旅途中阿影在乎的是过程，她说自己总是比较宽容，各种类型的景区及出游方式她都喜欢，即使到了一个比预想中逊色的景区也能调整好心态继续找到乐子。旅途中发生的不如意也从无怨言。

阿影说，今年正好是她和先生结婚十周年。"我们相约用更多的时间去旅行以享受生活。源源已四岁，坚强、自理能力强、对新鲜事物非常感兴趣的她适合更多形式的旅行。今年我先生想带我和女儿去巴厘岛、夏威夷、大溪地那样的海边，他渴望冲浪，而我和女儿在海边玩定会十分惬意。跟游轮去海上晒太阳、玩转香港迪士尼、到海边戏水、到一些贫困地区捐助兼旅游、周末飞去一些适宜度假的城市住两天……我们有很多出行计划，期待更多放飞心灵之旅。"

（本文发表于 2008 年 10 月 21 日《东莞日报》C05 版"行者无涯"，作者钟晨是《东莞日报》记者）

N